Budejovický Budvar
Asahi
SINGHA
RIJK DEGUSTATIEBIER
7bräu.
INDIA PALE ALE
1664
BLANC
San Miguel
CHIMAY
Carlsberg
DAB
Pilsner Urquell.
BECK'S
Warsteiner
EINE KÖNIGIN UNTER DEN BIEREN
SAMUEL ADAMS
BOSTON LAGER
PAULANER Salvator
duvel
STELLA ARTOIS
SUNTORY The PREMIUM MALT'S
EFES
Kozel
NEWCASTLE BROWN ALE
ERDINGER WEISSBRÄU
Estrella Damm BARCELONA
PAULANER MÜNCHEN
GRIMBERGEN
OB premier Weizen
TAP 5
MEANTIME
VICTORIA BITTER
TSINGTAO
SINGHA
Asahi
San Miguel
REDDOG
RIJK DEGUSTATIEBIER

Budejovický Budvar
Asahi
INDICA
Heineken
SINGHA
RIJK. DEGUSTATIEBIER
7bräu
INDIA PALE ALE
1664
BLANC
San Miguel
CHIMAY
Carlsberg
DAB
Pilsner Urquell.
BECK'S
Warsteiner
EINE KÖNIGIN UNTER DEN BIEREN
SAMUEL ADAMS
BOSTON LAGER
BIRRA ITALIANA
PAULANER
Salvator
Doppelbock
Duvel
STELLA ARTOIS
SUNTORY
The PREMIUM MALT'S
SUNTORY PILSNER BEER
EFES
NEWCASTLE
BROWN ALE
ERDINGER
WEISSBRÄU
Kozel
DARK
Estrella
Damm
BARCELONA
PAULANER
MÜNCHEN
GRIMBERGEN
OB
premier
Weizen
TAP 5
MEANTIME
VICTORIA BITTER
VB
TSINGTAO
SINGHA
Asahi
San Miguel
REDDOG
RIJK. DEGUSTATIEBIER

Budejovický Budvar
Asahi
INDICA
Edelweiss
BREWING
SINGHA
RIJK DEGUSTATIEBIER
Heineken
7bräu
INDIA PALE ALE
1664
BLANC
San Miguel
Carlsberg
CHIMAY
DAB
Leffe
WEIZEN
Pilsner Urquell
BECK'S
Warsteiner
EINE KÖNIGIN UNTER DEN BIEREN
SAMUEL ADAMS
BOSTON LAGER
STELLA ARTOIS
PAULANER
Salvator
Doppelbock
Duvel
SUNTORY
The PREMIUM MALT'S
SUNTORY PILSNER BEER
EFES
NEWCASTLE BROWN ALE
ERDINGER
WEISSBRÄU
Kozel
DARK
Estrella
Damm
BARCELONA
PAULANER MÜNCHEN
GRIMBERGEN
OB premier
Weizen
TAP 5
MEANTIME
VICTORIA BITTER
VB
SINGHA
TSINGTAO
Asahi
San Miguel
INDICA
REDDOG
RIJK DEGUSTATIEBIER

Budejovický Budvar
Asahi
INDICA
SINGHA
RIJK DEGUSTATIEBIER
Heineken
7bräu
INDIA PALE ALE
1664
BLANC
San Miguel
CHIMAY
Carlsberg
DAB
Pilsner Urquell
BECK'S
Warsteiner
EINE KÖNIGIN UNTER DEN BIEREN
SAMUEL ADAMS
BOSTON LAGER
BIRRA ITALIANA
PAULANER
Salvator
STELLA ARTOIS
SUNTORY
The PREMIUM MALT'S
EFES
Duvel
Kozel
NEWCASTLE BROWN ALE
ERDINGER
WEISSBRÄU
Estrella
Damm
BARCELONA
PAULANER MÜNCHEN
GRIMBERGEN
OB
premier
Weizen
TAP 5
MEANTIME
VICTORIA BITTER
VB
SINGHA
TSINGTAO
Asahi
San Miguel
RED DOG
RIJK DEGUSTATIEBIER

언니는 맥주를 마신다.

언니는 맥주를 마신다

마트를 헤매는 언니들을 위한
코믹 발랄 초공감 **맥주 가이드**

글/그림 윤동교
감수 류강하

캬~
I SAY 'BE'
YOU SAY 'ER'
BEARBEER
BEER

감수 및 추천의 글

언니들을 위한 맥주 타임

대형 회사 중심의 맥주 시장과 주로 회식 중 2차로만 마시게 되는 국내 맥주 문화 속에서 맥주는 그저 '500'이라는 이름으로 불려 왔었다. 아쉽게도 우리나라에서 맥주의 양적 성장은 이루었지만 다양성과 심미를 탐닉하는 문화는 이루어지지 못했다.

그러나 한일 월드컵 개최와 함께 맥주를 소규모로 생산하는 시대가 도래했고 이태원을 중심으로 머물러 있던 다양한 수입 맥주도 사람들에게 널리 전해지게 되었다. 한때 150곳의 하우스 맥줏집(소규모 맥주 양조장 또는 브루펍)들이 성장세를 보이기도 했다. 그 무렵 몇 권의 맥주에 관한 책들이 출간되었다.

2000년대 초반, 나는 오랜 역사로 깊은 맥주 학문과 기술이 축적된 독일에 맥주를 공부하러 떠났다. 7년이란 긴 시간 동안 맥주 양조 기술뿐만 아니라 그들의 생활 속에 자연스럽게 녹아 있는 맥주 문화를(옥토버페스트나 호프브로이의 모습만을 이야기하는 것이 절대 아니다) 실은 부러움 반 기대 반으로 바라보았다. 또한 멀리서 새롭게 태동하는 우리나라의 맥주 문화도 함께 지켜보았다. 하지만 우리나라 맥주 문화는 여러 가지 이유로 더는 성장하지 못했고, 하우스 맥줏집도 서른 곳 정도로 규모가 줄어들며 획기적이고 새로운 맥주 책까지 찾아보기 힘들게 되었다.

한국으로 돌아와 학교나 기업체, 문화센터 등에서 강의를 하면서 대부분의 사람들이 우리나라에 100여 곳 이상의 하우스 맥줏집이 존재했다는 사실도, 한때 강남대로에만 아홉 곳 정도의 하우스 맥줏집이 있었다는 사실도 모르고 있다는 것을 알고 꽤 충격을 받았다.

그때 나는 산업을 성장시키기 위해서는 문화가 그 뒤를 받쳐 주어야 한다는 것을 깊이 깨달았다. 그런 점에서 호프집 중심의 맥주 소비가 점점 혼맥(혼자 즐기는 맥주), 집맥(집에서 마시는 맥주) 등으로 다양하게 확장되고 또한 눈에 띄게 활발하게 이루어지고 있음에 반가운 마음이 든다. 게다가 맥주의 다양한 맛을 찾아다니는 애호가들이 늘어나면서, 예전과 다른 양상이 나타났다. 대형 마트의 한 코너가 몽땅 다양한 수입 맥주로 가득 채워지고, 동네 편의점만 가도 수입 맥주를 포함하여 다양한 맥주를 접할 수 있게 된 것이다.

그러나 맥주에 대해 제대로 알려 주는 이가 없기에 사람들은 새로운 맥주에 도전하기보다는 늘 마시던 맥주를 찾거나 만 원에 4캔짜리 맥주만을 선택하곤 한다. 그로 인하여 선택받지 못한 맥주는 사라지고 다시는 우리나라에서 만날 수 없는 맥주가 생겨나기도 했다(개인적으로 독일의 베네치아라 불리는 Bamberg의 훈제 맥주가 사라진 것은 내내 마음이 아프다).

그런 점에서 이 책은 이 시대에 가장 필요한 맥주 '입문서'이자 '인문서'임을 믿어 의심치 않는다. 이 책에서는 우리 주변의 흔한 언니들의 생활 밀착형 맥주 이야기에서부터 우리가 사는 환경 이야기, 살아가는 이야기, 그리고 지금까지 경험하지 못했던 맥주 이야기까지 만날 수 있다. 특히나 세계의 다양한 맥주를 정말 색다른 시각으로 만나 볼 수 있고, 신화 속의 동물 이야기부터 맥주에 대한 짧지만 강한 지식까지 지루하지 않게 전달해 주어 맥주 입문서로서의 역할을 톡톡히 한다.

저자(언니)와 함께 우리가 쉽게 경험할 수 있는 책 속의 에피소드 그리고 맥주 이야기를 나누며 맥주를 한잔하다 보면 어느덧 맥주는 둘도 없는 말동무가 되어 있을 것이다. 저자가 책 속에서 이야기했듯이 이 책은 맥주 덕후들을 위한 책은 아니다. 이 책은 마트 맥주 코너에서 홀로 고민하고 있을 그대, 바로 언니들을 위한 책이다.

이 책을 통해 가볍게 맥주를 알아 가고, 전혀 고민하지 않고도 수많은 맥주의 홍수 속에서, 또 마트, 펍, 세계 맥줏집에서 나에게 꼭 맞는 맥주와 연애를 시작하기 바란다. '맥주퀸'이 되어 우리나라 맥주 문화를 이끌어 가고 발전시키는 오피니언 리더 '언니'가 되어 주기를 간절히 빌어 본다.

맥주장이 류강하

맥주 순수령 500주년을 맞는 독일 뮌헨에서

프롤로그

먹이를 찾아 산기슭을 헤매는 하이에나처럼 맥주 코너를 서성이며
수많은 맥주들 사이에서 무얼 마셔야 할지 몰라 난감했던 나날들…

뭐가 이리 많아~
뭘 먹어야 돼~
끙
끙

왜 맥주 코너에는 입맛따라 추천해 주는 직원도 없는걸까…
와인 코너에는 두 명이나 있던데…

WINE
1984
1984

기분 꿀꿀할 땐 어떤 맥주가 좋을까?
비 오는 날 마시면 좋을 맥주는 없을까?
맨날 똑같은 라거 말고 다른것 좀 먹어 보고 싶은데…

아무한테도 물어볼 곳이 없어!!!

이럴 수가…
내 주위 모두가 맥주 무식자야…

그래서 결심했다.
내가 공부해서
나 같은 사람들에게 알려 주기로.

아무도 안 알려 주니까 내가 알려 주자!
다 마셔 볼 테다!

그 뒤 마트를 돌아다니며 다양한 맥주들을 마셔 보았고,
맥주마다 홈페이지를 모두 찾아다니며 공부했다.

으악!
이 홈페이지는
체코어로 되어 있어!
도와 줘, 구글 번역기!

그리고 최대한 동네 마트에서
쉽게 구할 수 있는 맥주들을 선별해 소개하기로 했다.

뿌듯
이 책 하나면
이제 더 이상 맥주 코너를
서성이지 않아도 될 거야…
수고했다
내 자신…

그렇게 탄생한
언니들을 위한 맥주책.
맥주에 대한 새로운 지침서!
아무도 알려 주지 않은 맥주 이야기!
꺅
까르르~
내 입으로 말하기 부끄럽지만 이 책 재미있어 ♥

마트에서 맥주를 사서
집에서 즐기는 언니들!
세계 맥주집에서 색다른 맥주를
마셔 보고 싶은 언니들!
다양한 상황에 어울리는
다양한 맥주를 추천받고 싶은 언니들!
컴온 시스터즈
엄지 척-
들어와 봐-
글 반, 그림 반이라
읽기 편해-

contents

마트를 헤매는
언니들을 위한
코믹발랄 초공감
맥주 가이드
LA
CHOUFFE
따봉

언니는 맥주를 마신다

01

흔한 동네 언니의 맥주 마시는 방법

맥주 애호가답게 부지런히 유명한 펍을 찾아다니고,
성실하게 제각각 맥주의 특징에 맞는 전용 잔을 수집하며,
고상하게 모든 맥주의 맛과 색과 향을 구분해 음미하고,
우아하게 굴과 해산물, 과일 샐러드를 안주로 삼는 그런 여자

…와는 거리가 아주 먼 이야기.

거리가
먼 거냐?!!

집에서 뒹굴뒹굴하며 맥주 마시는 것이 취미인 잉여로운 여자.
맥주는 최대한 저렴한 것 위주로 마트에서 사다 먹으며,
안주는 쥐포나 새우깡, 꾸이꾸이를 즐기고,
전용 잔은커녕, 병나발 부는 것을 낙으로 삼는 그런 여자.
살찔까 봐 걱정은 되지만 운동은 하기 싫고,
마음껏 먹어도 항상 55사이즈를 유지하고 싶은, 욕심은 많지만 게으른 여자.
작은 일에 쉽사리 쌍불 켜고, 그러면서 또 상처는 쉽게 받는,
야망은 큰데 소심한 여자.
오늘 할 일을 기꺼이 내일로 미룰 줄 아는 넉넉한 '배짱'과 배포를 가진 여자.

그런 흔해 빠진 여자의 **생활형** 맥주 일기.

흔한
동네 방구석 맥주 애호가의
별것 아니! 맥주 수다
별것 없는데
왜 이리
당당해?!
응캬캬

마트에서 저렴한 순으로 사 오기

마트의 세계 맥주 코너는
나처럼 집에서 혼자 야금야금 맥주를 즐기는
은둔형 맥주 애호가들에게 천국이나 다름없다.
빼곡히 정리되어 있는 다양한 맥주들을 보고 있노라면
가슴이 탁 트이는 것이 그렇게 흐뭇할 수가 없다.
하지만 맥주 코너에서 비싼 맥주들을 만지작거리다가
결국 내가 사 들고 오는 것은
네 캔에 만 원 혹은 다섯 병에 만 원 하는 저렴한 행사 맥주들.
나의 욕망은 늘 현실 앞에서 무너진다.
백 원, 천 원 차이에 덜덜 떠는 나는 생활형 맥주 애호가.

이거 한 병이면
다른 맥주를
네 캔이나
살 수 있는데…
아… 무슨 맛일까… 궁금하다…
마트에서 시메이를 팔다니…

세계 맥주 페스티벌
아무거나 4캔 구매 시
1만
Asahi SUPER "DRY"
DAB
SUPER BOCK
Bavaria
Kloud

잔에 따라
마시지 않는다

그래, 알고 있다. 맥주 덕후들에게 지탄받을 만한 일이라는 것을.
맥주는 반드시 잔에 따라 마셔야 한다.
그래야 맥주의 진정한 민낯을 만나 볼 수 있기 때문이다.
그러나 나는 맥주를 잔에 따라 마시지 않는다.
그보다는 병째, 캔째 들고 마시는 것을 선호한다.
이유는 두 가지이다.

첫째, 설거지거리가 생기는 것이 싫어서.
둘째, 병나발의 자유를 포기할 수가 없어서.

설거지는 게으른 주부를 매일매일 시험에 들게 하는, 냉정한 인과응보 미션이다.
"먹었으면 닦아야지"라니. 게다가 이것을 평생 되풀이해야 한다니.
이 얼마나 잔인한 업보란 말인가.
난 먹었어도 안 닦고 싶다. 반복되는 설거지의 굴레에서 벗어나고 싶다.
그러려면 최대한 설거지거리를 만들지 않는 것이 상책이고,
그런 의미에서 병나발은 최선의 선택이다.

그리고 병나발의 자유. 이것은 도저히 포기할 수가 없다.
내게 맥주란 어릴 적 보았던 〈쇼생크 탈출〉의 옥상 장면 그 자체다.
황금빛 볕으로 가득 찬 옥상에서 꿈을 꾸듯 차가운 맥주를 마시는 죄수들.
가장 억압적인 공간에서 만끽하는 질 높은 자유와 평온한 여유,
일탈의 기쁨과 짜릿한 해방감. 그리고 병나발.
세상에 이보다 맛있는 맥주가 또 있을까?
온몸에 전율이 일었다. 내게 맥주는 이렇게 다가왔다.
본격적으로 맥주 애호가의 길에 들어서서 맥주에 대해 좀 더 알게 되기 전까지
나는 맥주란 원래 당연히 병나발 부는 것인 줄 알았다.
잔이라는 도구를 이용해 마셔야 한다는 것은 한 번도 생각해 본 적이 없었다.
잔이란 그저 여럿이 함께 마실 때나 사용하는 것이라 여겼다.
물론 잔의 역할에 대해 알게 된 지금도 병나발을 포기할 생각은 없다.
차가운 맥주를 병째 입속으로 내리꽂을 때 느끼는 다양한 감정들 때문이다.

여유, 일탈, 해방감, 자유로움, 그리고 괜한 멋.
내겐 이 감정들이 바로 맥주다.

THE
SHAWSHANK
REDEMPTION

병나발 부는 사람들을 위한 사소한 팁

❶ **병 입구를 잘 닦은 뒤 마시기:** 병뚜껑을 딴 뒤 병의 입구를 제대로 닦지 않고 마시면 맥주에서 쇠 맛이 난다. 간혹 병뚜껑이 녹슬어 있는 경우도 있으니 반드시 냅킨으로 잘 닦은 뒤 마셔야 한다.

❷ **캔 윗부분을 잘 닦은 뒤 마시기:** 캔은 입이 닿는 곳이 노출된 채로 보관, 유통되기 때문에 먼지가 많이 묻는다. 자칫 캔 윗부분에 쌓인 미세한 먼지들까지 모두 흡입할 수 있으니 반드시 잘 닦은 뒤 마셔야 한다.

❸ **향을 맡는다:** 병뚜껑이나 캔을 따면 바로 탄산과 함께 맥주의 향이 올라온다. 그 향을 의식하며 맥주를 마시면 맥주 맛이 더 살아난다.

❹ **거품을 만든다:** 병나발을 불 때 언급되는 가장 안 좋은 점이 바로 거품이 생기지 않는다는 것이다. 맥주의 거품은 맥주가 공기와 닿아 산화되는 것을 방지해 주는 역할을 하는데, 병나발을 불면 거품이 생기지 않아 맥주가 금방 산화된다는 것. 하지만 걱정 마시라. 다 방법이 있다. 쇠젓가락 한 쌍만 있으면 된다. 병이나 캔에 젓가락을 하나 꽂고 나머지 젓가락으로 트라이앵글을 치듯이 강하게 땡땡땡 쳐주면 끝. 젓가락의 진동으로 순식간에 크림 같은 거품이 생긴다(※넘침 주의).

❺ **에일 맥주는 잔에 따라 마신다:** 라거는 병나발 불어도 에일은 반드시 잔에 따라 마셔야 한다. 잔에 따라 마실 때와 그러지 않을 때의 차이가 너무 크기 때문이다. 특히 바이젠 맥주(134페이지 참조 바람)는 잔에 따르지 않으면 마셔도 마신 게 아니다.

캔맥주를 선호하는 여자, 그러나 국산 맥주만큼은 병으로 마시는 여자

누군가 나에게 "병맥주파냐, 캔맥주파냐"라고 묻는다면
나는 지체없이 캔맥주파라고 말할 것이다.
맥주 맛 때문이 아니다. 캔이 가지는 실용성 때문이다.
그 가벼움! 그 편리함! 다 마시고 난 뒤 으드득 비틀며 느끼는 까닭 모를 통쾌함!
하지만 최근 환경을 생각한다면 국산 맥주만큼은 반드시
병맥주로 마셔야 한다는 것을 알게 되었다.
바로 맥주병의 재사용 때문이다.

재활용Recycle이 아니라 재사용Reuse이다.

재활용은 제품을 녹여서 처음부터 다시 가공해야 하지만,
재사용은 제품을 살균 세척만으로 다시 쓰기 때문에
재활용보다 비용과 에너지, 환경 보호 측면에서 훨씬 도움이 된다.
그중에서도 특히 가장 재사용하기 쉬운 것이 바로 이 술병들!

캔은 재활용의 영역으로 들어갑니다.
오~

REUSE

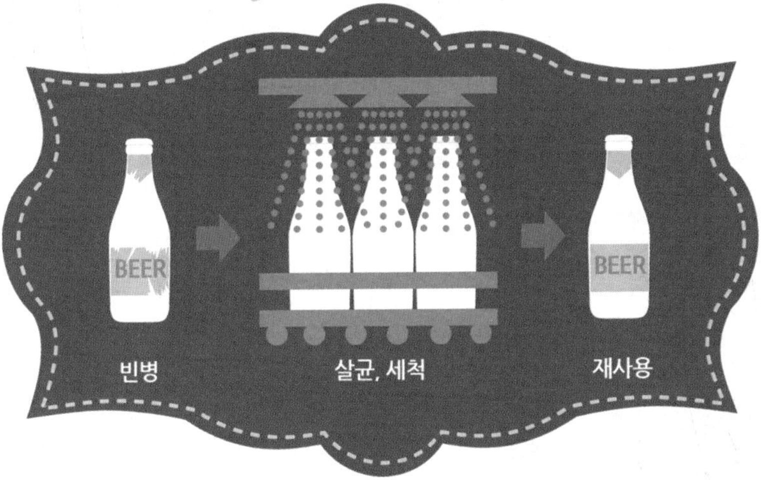

RECYCLE

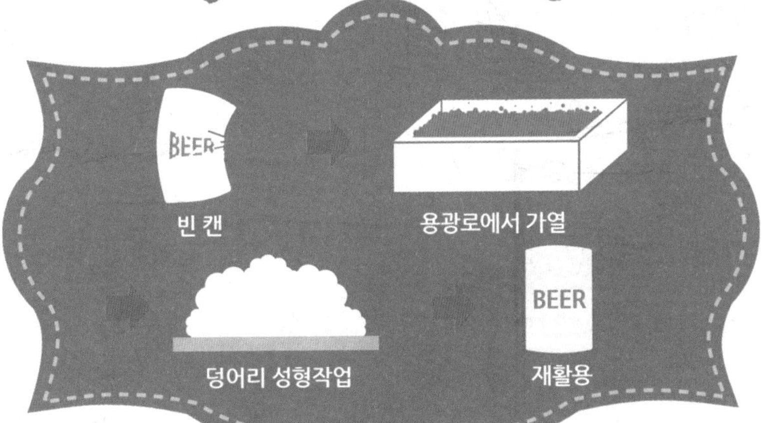

그래서 우리나라의 양대 맥주회사인 OB와 하이트는
이미 몇 년 전부터 빈병의 원활한 재사용을 위해
같은 디자인의 병을 사용하기로 합의했고,
덕분에 현재 나름대로 활발한 재사용이 이루어지고 있다.
소주도 마찬가지다. 소주를 생산하는 업체들도 모두 같은 병을 사용하여
재사용을 활성화하고 환경 보호에 앞장서기로 한 것이다.
브랜드는 서로 다르지만 병은 하나.
아, 정말 아름다운 일이 아닐 수 없다.

이러한 소주병 공용화로 연간 7만여 톤의
이산화탄소가 줄어드는 효과를 보고 있다고 한다.

REUSE
빈병재사용이 1%만 늘어도
경제적으로 70억 원의
비용을 아끼고,
자동차로 지구를
1,100 바퀴 도는 것만큼의
이산화탄소를 줄이고,
소나무 130만 그루를
심는것과 같은
효과를 준다고 합니다.
오오 !!!

하지만 여기서 끝난 것이 아니다. 재사용률은 높아졌으나 재사용 횟수가 문제다.

병맥주를 즐겨 마시는 독일 같은 경우는
빈병의 재사용 횟수가 무려 50회에 달한다.
병 하나를 만들어 놓으면 50번이나 다시 사용하는 것이다.
독일 내에서 빈병 재사용을 원활히 하기 위해
맥주회사들은 맥주병을 공용화하고,
마트에 빈병 자판기를 설치해서 빈병을 넣으면
병값을 환불해 주는 서비스를 제공하고 있다.
사람들은 맥주를 마시고, 병을 깨끗이 보존하여 환불받고,
그 돈을 다시 맥주를 사는 데 보탠다.

반면에 우리나라는 가정에서 나온 술병을 재활용 수거업체에서 대충 포대에 넣어
트럭에 던지는데 이 과정에서 파손되는 빈병의 양이 상당히 많다.
또한 술자리 유흥으로 병뚜껑을 함부로 따거나 술병을 거칠게 취급하는 문화가 있어,
술병의 훼손율도 높다. 그래서 빈병의 재사용 횟수가 다른 나라들에 비해 현저히 낮다.
맥주병은 약 8회, 소주병은 그보다도 낮다고 하니 안타까운 일이 아닐 수 없다.

소주는 이렇게 따야지!!!
넥슬라이스~
안 돼~

마트와 맥주회사에서 사회와 환경에 대한 책임감을 가지고
빈병 환불제도를 더욱 활성화시켜 주길 바라면서,
애주가들이 술병을 조금 더 조심스레 다뤄 주길 바라면서,
나도 내가 할 수 있는 일을 하려 한다.
언니들도 동참해 주었으면 좋겠다.

국산 맥주는 무조건 병맥주를 이용하고,
맥주병은 조심조심 분리해서 버리기.
좀 무겁고 좀 불편하고 좀 번거롭지만,
조금이라도 재사용에 도움이 되어
환경 보호에 이바지할 수 있다면야!

REUSE
ZONE
수입 맥주는 공병의 재사용이 어려워
재활용의 영역에 들어가므로
캔이나 병이나 뭘 마시든
큰 차이가 없지만
재활용 하기에는 캔이 더 낫다.

하이트 맥주를 마시고 있는데 병에 OB 마크가 찍혀 있다면,
그것은 언니가 이미 재사용된 병을 사용하고 있고,
언니는 재사용을 할 줄 아는 착한 사람이라는 뜻!
단, 올바른 재사용을 위해 담배꽁초나 쓰레기를 병 안에 넣는 것은 절대 금물이다!
캔이나 페트에도 넣으면 안 돼!

환경을 생각하는 맥주 애호가.
술 한 잔에도 지구를 생각하는 철학이 담겨 있다면
이 얼마나 멋진 일이겠어!

맥주, 무엇으로 만드나

맥주에 관해 얘기하려면
반드시 알아야 하는 기본 상식이 있다.

바로, 맥주의 원료다.

겁먹지 않아도 된다. 4개밖에 없다.

'보리(맥아), 홉, 효모, 물'

이 정도는 숙지해 둬야 어디서 누가 무슨 얘기를 하더라도
적당히 이해하며 고개라도 한 번 끄덕일 수 있으니 꼭 알고 가자.

맥주麥酒라는 이름이 보리麥에서 왔듯이
맥주는 보리를 베이스로 하는 술이다.
성분별로 역할을 따져 보자면
보리는 맥주의 고소한 맛과 특유의 색, 알코올 도수를 결정짓고,
홉은 맥주에 씁쓸한 맛과 청초한 향을 준다.
효모는 보리의 당분을 먹고 맥주를 발효시켜
알코올과 탄산을 만들어 내고,
물은 맥주의 90% 이상을 차지하며
맥주의 맛을 완성시킨다.

INGREDIENTS OF BEER

MALT
맥아

HOP
뽕나뭇과의 덩굴성 식물

YEAST
맥주를 발효시키는 미생물

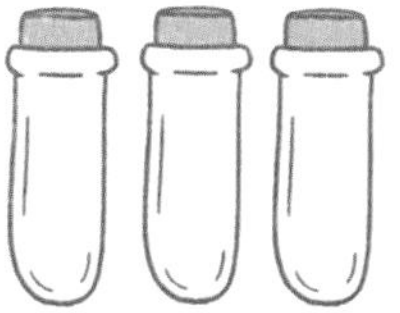

WATER
신선한 물

& TIME & HEART

언니들을 위한 얕은 지식 ❷ 맥주 라벨 읽기

맥주, 뭐가 뭔지 모르겠다

마트에 진열되어 있는 수많은 맥주들.
보기는 좋은데 정신이 하나도 없다.
뭐가 이렇게 많아? 뭘 먹어야 하지? 뭐가 맛있는 거야?

너무 많아서 오히려 무얼 먹어야 할지 모르는 언니들.
무슨 맥주를 어떻게 골라서 마셔야 할지 모르는
언니들을 위해 가볍게 맥주 라벨 읽는 방법을 알려 주겠다.

맥주의 라벨에는 웬만한 맥주 정보가 모두 나와 있다.
라벨만 읽을 줄 알아도 맥주 고르기가 훨씬 쉬워진다.
하지만 지금 당장 내가 어떤 맥주를 좋아하는지 모르는 경우라면
일단 이것저것 먹어 보는 시도가 필요하다.
그리고 이후엔 내가 좋아하는 스타일을 기억해 두었다가
라벨을 보고 비슷한 스타일을 골라서 마시면 된다.

맥주에 있어 스타일이란, 사람으로 치면 인종과 같다.
인종마다 피부색과 생김새, 문화가 서로 다르듯
맥주도 스타일마다 맛과 색과 성격이 제각각 다르기 때문이다.
스타일을 본격적으로 파고들면 엄청나게 복잡하니
여기서는 당장 마트에 가서 써먹을 수 있을 만큼만 얕게 파보려 한다.

Imported
San Miguel
Expertly Brewed Beer
Since 1890
pale Pilsen
Bottled by the
San Miguel Brewery
PHILIPPINES
1890년부터
양조되기 시작
라거 계열의
쌉쌀한 맥주
황금빛의
투명한 색
필리핀의
산미구엘 양조장

발효 방법에 따라

맥주는 기본적으로 발효 방법에 따라
라거, 에일, 람빅의 세 가지로 분류되지만,
동네 마트에서는 주로 라거와 에일만 만나 볼 수 있다.

LAGER

라거Lager**:** 세계 맥주 시장의 대부분을 차지하고 있다. 우리가 시중에서 흔히 보고 마시는 거의 모든 맥주들이 바로 이 라거다. '맥주'라고 하면 떠오르는 바로 그 맛. 음원차트 순위를 장악하고 있는 유명 대중가요 같은 술. 발효 중 밑으로 가라앉은 효모를 사용해 만든 맥주라 '하면下面 발효 맥주'라고도 한다. 발효 온도가 낮기 때문에 차갑게 마셔야 더 맛있다.

라거의 대표적인 얼굴마담으로는 '필스너 우르켈'을 들 수가 있겠다. 황금빛 라거의 조상님 같은 맥주.

ALE

에일Ale : 라거에 비해 탄산이 적고, 종류가 많으며, 개성이 강하다. 과일 향이나 초콜릿 향이 나기도 하고, 새콤달콤하기도 하는 등 다양한 풍미가 느껴져서 취향껏 골라 마시는 재미가 있다. 대중적이기보단 마니아를 만든다. 자기만의 색깔을 가진 인디음악 같은 술. 발효 중 위로 떠오르는 효모를 사용해 만든 맥주라 '상면上面 발효 맥주'라고도 한다. 발효 온도가 높기 때문에 찬기가 가신 뒤 마시면 더 맛있다.

에일의 대표주자로는 '호가든'을 들 수가 있겠다. 가장 대중적이고 유명한 에일 맥주.

LAMBIC

람빅Lambic : 벨기에의 일부 지역에서만 생산되는 맥주계의 '희귀템'. 야생의 효모를 사용하기 때문에 '자연발효 맥주' 또는 '야생맥주'라고도 한다.

색깔에 따라

발효 방법에 따른 분류를 알았다면 그다음은 색깔이다.
맥주의 라벨에는 종종 그 맥주의 색깔을 암시하는 말들이 적혀 있다.
색깔은 또한 맥주를 분류하는 중요한 지표 중의 하나이기도 하다.
같은 라거여도 황금색 맥주와 검은색 맥주의 맛이 다르듯
맥주의 색을 알면 맥주의 개성을 가늠해 볼 수 있기 때문이다.

보통 맥주의 색이 진하면 맛이 강하고
알코올 도수도 높을 것이라고 생각하는 경향이 있는데 전혀 아니다.
맥주의 색은 어떤 맥아를 쓰느냐에 따라 달라지는 것일 뿐,
색 자체가 맛의 강약이나 알코올 도수를 의미하는 것은 아니다.

이 외에도 맥주병이나 캔의 뒷부분에는
맥주의 원료나 알코올 도수 등이 적혀 있으므로
살펴보면 그 맥주의 성격을 아는 데 도움이 된다.

BEER STYLE

PILSNER
WITBIER
PALE LAGER
BELGIAN STRONG ALE
MAIBOCK
BLONDE ALE
WEISSBIER
OKTOBERFEST
AMERICAN PALE ALE
INDIA PALE ALE
PALE ALE
ENGLISH GOLDEN ALE
WEISSBIER
SAISON
BITTER
MÄRZEN
ESB
IMPERIAL PALE ALE
BIÈRE DE GARDE
DOUBLE IPA
AMBER ALE
VIENNA LAGER
BROWN ALE
BOCK
DUNKEL
DUNKEL WEIZEN
PORTER
OATMEAL STOUT
DOPPEL BOCK
BALTIC PORTER
FOREIGN STOUT
IMPERIAL STOUT

마트에서 맥주를 사서 방구석에서 집맥을 즐기는 언니들~!

맥주 코너에 가 보면
마트마다 내놓는 맥주들이 서로 달라.

흐오~
이건 다른 마트에서 못 보던 건데?

그러니 다양한 맥주들을 맛보고 싶다면
이마트, 홈플러스, 롯데마트를
두루 다녀 보는 것이 좋아.

와~ 처음 보는 맥주가 가득해~!
하 핫-
여긴 종류가 엄청 다양하네~

또, 한 종류의 맥주를 많이 사거나
케그로 된 맥주를 사려면
코스트코를 이용하는 것이 저렴하지.

오~ 예~
행사 중이네~~!
득템~!!
Heine

그렇게 언니네 동네와 이웃 동네의 마트들을
두루 섭렵했다면
조금 더 멀리 마트 여행을 떠나 보는 것도 좋아.

푸른 언덕에~
배낭을 메고~
마트로 가자~
장바구니

마트들 중에는 유난히 신생 맥주가 많이 들어오고
행사도 많이 하는 지점들이 있어.

" 언니들에게만 알려 줄게~♥ "

마트별 핫플레이스

- 이마트 : 가든5. 성수. 양재. 영등포. 왕십리. 광교.
- 홈플러스 : 일산 킨텍스. 월드컵. 부산 서구. 부산 사직. 남현. 고양터미널. 상봉. 영등포. 신도림. 합정.
- 롯데마트 : 잠실. 일산. 송파. 서울역. 김포공항. 청량리.

주로 수도권에 몰려 있네...

참고하길 바랄게~

마트로 맥주 여행을
떠나 보자구~!!

언니는 맥주를 마신다

02

마트를 헤매는 언니들을 위한 당장 써먹는 맥주 안내서

그럼, 이렇게 많은 맥주들 중에서 어떤 것부터 마셔야 할까?
기분에 따라 어떤 맥주를 마시는 것이 좋을까?
새로운 맥주를 마셔 보고 싶은데 무엇이 좋을까?
내가 좋아하는 맥주 스타일은 뭐지?

마트에 올 때마다 무얼 먹어야 할지 몰라
맥주 코너를 서성이며 고민에 빠지곤 했던 언니들.
걱정 마라. 이제 방황은 끝났다.
지금부터 이 책이 언니들에게 맞춤형 길 안내를 해줄 것이다.
언니들의 맥주 여정에 한 떨기 상큼한 내비게이터가 되어 줄 것이다.
본격! 기분따라 골라 마시는 맥주 이야기. 지금까지 이런 맥주 책은 없었다.
언니들만을 위한 발칙한 맥주 지침서. 세상에 없던 이상야릇한 카테고리.

언니! 오늘 이 맥주 어때?

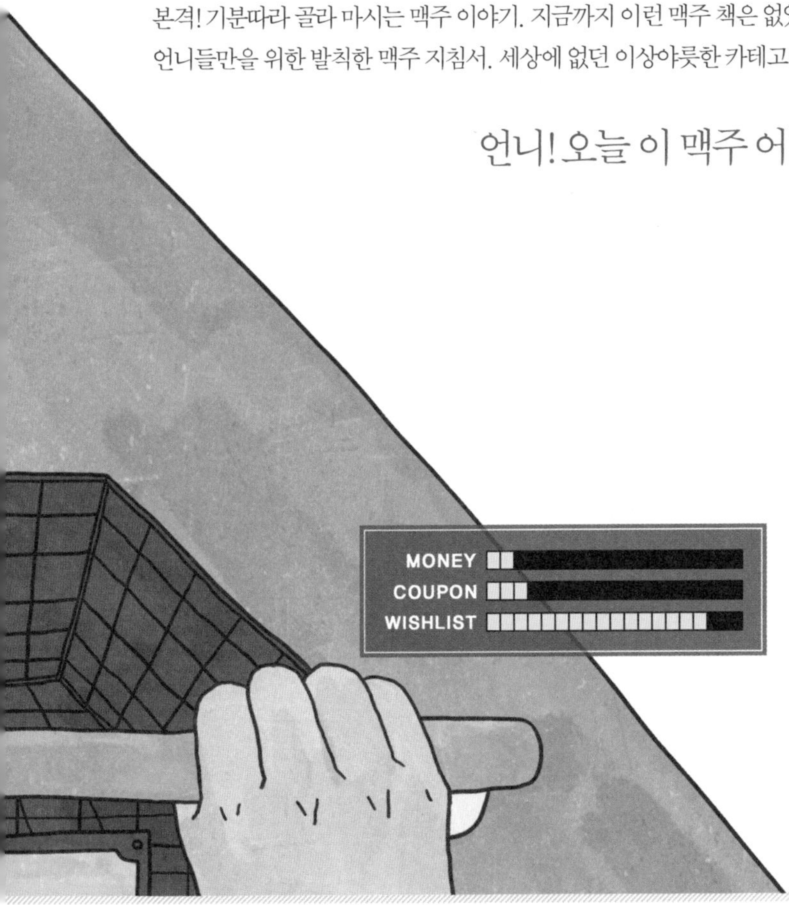

행운이 필요할 때

내일 중요한 미팅이 있다면?
중요한 면접, 시험 혹은 중요한 거래가 있다면?
요즘따라 불안하다면?
긴장은 되고, 잠은 오질 않고, 초조하고 조바심이 나서
안절부절못하고 있다면?
이럴 때 마시면 좋을 맥주가 있을까?

답은?
당연히 있다.

내일 중요한 일이 있는 언니들에게 행운과 복을 가져다줄 맥주.
중대한 일을 앞둔 언니들에게 꼭 추천해 주고 싶은 맥주.
맥주의 이름과 라벨의 문양이 행운을 가져다주는
수호신 역할을 하는 맥주들이 있다.
또한 맥주에 들어 있는 홉에는 신경을 안정시켜 주는 성분이 있어서
긴장되거나 잠이 오지 않을 때 마시면 효과가 있으니 참고하길 바란다.
물론 과음은 절대 금물이다.
마음에 위안을 얻을 정도만 마시도록 하자.

언니들의 행운을 빈다.

FORTUNE
BEER
DRINK

Kirin Ichiban

(기린 이치방 / 일본 / 5.0%)

+ 중국의 신화 속에 등장하는 영물인 '기린'은 매우 자비롭고 덕이 높아서 풀 하나, 벌레 하나 허투루 밟는 법이 없고, 어떠한 생물도 해치지 않으며, 하늘을 날아다니고 물 위를 걸어다니는 고결한 동물이다. 세상에 성인이 나타날 때 등장한다고 하는데, 대표적으로는 공자의 어머니가 공자를 잉태했을 때 웬 어린아이가 기린을 타고 오는 꿈을 꾸었다는 이야기가 있다.
기린은 또한 행운과 행복을 가져다주는 동물로도 잘 알려져 있다. 살아 있는 기린을 보면 엄청난 복이 온다고 하니, 행운이나 복이 필요한 언니는 오늘 밤 기린을 만나 보도록 하자.

+ 20대 초반 일본에 놀러 갔을 때 히로시마의 작은 소바집에서 주문해 마신 기린 생맥주. 황금빛 투명한 맥주 위에 크림처럼 부드러운 뽀얀 거품. 세상에! 얼마나 맛있었던지 정말 그 자리에서 2미터는 점프했던 기억이 난다. 마트에서 파는 기린도 나쁘지는 않지만 그때의 충격은 잊을 수가 없다. 그래서 제대로 된 기린을 맛보고 싶다면 꼭 기린 생맥주 집을 찾아가 보라고 권하고 싶다. 우리나라에서도 쉽게 만나 볼 수 있다.
혹여 현재 썸을 타고 있는 언니들이라면 아이스크림 같은 비주얼의 '기린 이치방 프로즌 나마'를 추천한다. 색다른 기분에 썸이 한층 깊어질 것이다. 기린의 행운이 함께하길 바란다.

JAPAN'S PRIME BREW
FIRST PRESS
KIRIN ICHIBAN
KIRIN ICHIBAN is one of the world's most unique premium beers. The first press method uses only the most flavorful portion of the finest ingredients.
麦芽100%
一番搾り
BREWED FOR GOOD TIMES

500ml. alc. 5.0% vol. KIRIN BREWERY COMPANY. JAPAN. Pale Larger

Singha

(싱하 / 태국 / 5.0%)

+ 고대 태국의 신화에서 유래한 동물인 '싱하'는 사자를 뜻하는 말로, 선계의 숲 속에 사는 신성한 동물이자 불교 가르침의 수호자이다. 머리와 네 발에서 모두 불을 뿜는 형태를 하고 있는데 화재와 재난으로부터 인간을 보호해 준다고 한다.
병의 상단부에 있는 그림은 불교와 힌두교의 신화 속에 등장하는 새인 '가루다'로 우주 만물의 수호신인 '비슈누'가 타고 다니면서 악과 싸웠다고 하는 성스러운 새다.
만약 재난으로부터 보호받기를 바라거나, 세상과 맞서 싸워야 할 일이 있다면 이 맥주를 만나 보자. 언니를 지켜 주고 언니와 함께 싸워 줄 것이다.

+ 신화 속의 영물들을 그려 낸 화려한 라벨만큼 맥주의 맛 또한 인상적이다. 혓바닥 위에 황금빛 사자들이 폭포처럼 달려들어 '사와디캅'을 외치고 사라지는 것처럼 시끌벅적한 맛이 입안을 가득 채운다. 태국 배낭여행자들의 메카인 카오산로드를 혓바닥 위로 옮겨 놓은 듯한 기분이 드는 맥주이다.

SINGHA
SINGHA
BY ROYAL PERMISSION
THAI BEER
SINGHA
SINGHA
PREMIUM
IMPORT
LAGER BEER
THE ORIGINAL THAI BEER
SINCE 1933
SINGHA CORPORATION CO., Ltd. BANGKOK. THAILAND
330 ml
alc. 5% vol.
Boon Rawd Brewery
THAILAND
Premium Lager
SINGHA
SINGHA

Indica IPA

(인디카 IPA / 미국 / 6.5%)

+ 솔직히 말하자면 맨 처음 이 맥주를 보았을 때 나는 이것이 인도 맥주인 줄 알았다. 이름도 '인디카'이고, 라벨에는 인도에서 숭배하는 코끼리 신 '가네샤'의 그림이 그려져 있기 때문이었다. 하지만 미국 맥주라는 것이 반전!
코끼리 신 가네샤는 인간의 몸에 코끼리의 머리를 하고 있는 형상으로, 사람에게 닥치는 장애물을 제거하고 지혜와 슬기를 주어 학업의 성취와 사업의 성공을 가져다준다고 하는 힌두교 지혜의 신이다. 우리가 중요한 사업을 앞두면 돼지머리를 놓고 고사지내듯, 인도에서 중요한 사업을 앞둔 사람들은 가네샤에게 공양을 올린다고 한다.
그러니 내일 반드시 성사해야 할 중요한 일이 있다면 인디카를 만나 보자. 미신이어도 좋고, 부적이어도 좋으니 부디 언니가 하고 있는 그 일이 잘되기를! 가네샤의 가호가 있기를!

+ 코끼리 한 마리가 꽃밭에 앉아
한 손에는 자몽을, 다른 한 손에는 오렌지를 들고
어떤 것을 먹을까 고민하고 있네.
꽃향기 은은하게 코를 후비고
자몽과 오렌지 상쾌한 향이 침샘을 자극하는데,
망설이던 코끼리 결국 자몽과 오렌지를 한입에 꿀꺽.
자몽은 쓰고, 오렌지는 달콤.
꽃향기는 화사하고 코끼리는 만족스럽네.

355 ml . alc. 6.5% Vol.
Lost Coast Brewery. USA.
India Pale Ale (IPA)

LOST COAST BREWERY & CAFE
617 4th STREET ◆ EUREKA, CALIFORNIA

Indica India Pale Ale is a smooth, full-bodied, filtered beer.
It is radically bopped to give it an intense mystical aroma.

DAB

DAB Dortmunder Export

(답 도르트문더 엑스포트 / 독일 / 5.0%)

+ 놀라지 않으셨는가! 맥주 이름이 무려 '답'이다!
시험에 답이 필요한 언니, 고민에 답이 필요한 언니들이라면 답을 마셔 보자. 언니들에게 명쾌한 해답을 내려 줄지도 모른다. 라벨도 어찌나 네모반듯한지. 한 치의 오차도 허용하지 않을 것같이 칼 같은 스마트함에 나도 함께 총명해지는 것 같다.
산다는 건 수많은 문제와 갈림길과 선택의 연속이다. 때론 버겁고 때론 힘겹지만 아무도 내 숙제를 대신해 주지 않는다. 모든 것은 내가 선택하고 내가 책임져야 한다. 주름살이 는다고 지혜가 느는 것은 아니다. 나이를 먹어도 여전히 나는 실수하고 내 선택에 겁이 난다. 매 순간 나 대신 명쾌한 해답을 제시해 주는 누군가가 있다면 얼마나 좋을까.
중요한 시험을 앞두고 있는 언니들, 요즘따라 마음이 답답한 언니들, 인생에 갈피를 못 찾고 있는 언니들. 지금 이 순간 그 누구보다 답이 필요한 언니들을 위한 맥주이다.

+ 뒤끝 없는 깔끔한 맛이 용한 무당처럼 명쾌하다. 병째 들고 벌컥벌컥 마시다 보면 목구멍에 낀 때가 모두 벗겨지는 것처럼 개운한 기분이 든다. 답답할 때 마시면 더더욱 좋다.

※ 'Dortmunder Export'란 독일의 도르트문트를 대표하는 맥주 스타일로 맑은 황금빛에 부드럽고 깔끔한 맛을 가진 하면발효 맥주라는 특징이 있다.

330ml
alc. 5.0% Vol.
Dortmunder
Actien
Brauerei
DORTMUND, GERMANY
Dortmunder

DORTMUNDER EXPORT

건강하게
오래 살고 싶을 때

나는 나이를 먹으면 흰머리를 휘날리며
킥보드를 타고 다니는 상큼한 할머니가 되고 싶다.
예쁜 티셔츠에 귀여운 반바지를 입고 백팩을 메고 다니며
아이스 라떼와 캔맥주를 즐겨 마시는 멋쟁이 할머니가 되고 싶다.
여든이 넘어서도 남편과 손을 꼭 붙잡고
지구 방방곡곡을 여행 다니는 멋지고 로맨틱한 할머니가 되고 싶다.
여기서는 이렇게 건강하고 앙증맞게 나이 들길 바라는
언니들을 위한 맥주를 추천해 본다.

언니들! 우리 즐겁게 마시고 예쁘게 늙자!

SEVEN
TY

San Miguel
(산미구엘 / 필리핀 / 5.0%)

San Miguel

+ 2014년, 필리핀에서 100세 할머니가 자신의 장수 비결이 바로 '산미구엘 맥주'라고 하여 화제가 되었다. 매일 점심과 저녁 식사에 산미구엘 맥주를 곁들여 마시는 이 할머니는 자신의 100살 생일 파티에 초대된 손님들에게 산미구엘 맥주를 나눠주었다고 한다.
할머니는 또한 100세의 나이에도 불구하고 화장을 하지 않으면 외출을 하지 않을 정도로 세련됐으며, 워낙 건강해 평소 병원에 다니지도 않고, 혼자 핸드폰을 이용해 전화를 할 정도로 눈과 귀도 또렷하다고 한다. 심지어는 지금보다 더 오래 살 것이라는 원대한 포부도 밝혔다고 하니. 우와, 정말 엄청난 할머니시다.

+ 건강한 몸에 맑은 정신으로 세련되게 나이 먹을 수 있다니. 이보다 감사한 일이 또 있을까. 그래서인가. 산미구엘을 마시면 농축된 에너지가 입안에서 펑~ 터지는 듯한 기분이 든다. 고속도로처럼 쭉 뻗은 시원하고 개운한 맛이 매력적이다.
적당히 즐겁게 음주 생활을 즐기면 얼마든지 멋진 모습으로 장수할 수 있다는 것을 온몸으로 보여 주는 훌륭한 맥주.

※ 산미구엘은 영어로 'Saint Michael(성 미카엘)'인데, 가톨릭에서 악에 맞서 싸우는 대천사 미카엘을 뜻하는 말이다. 왠지 이름도 건강해 보인다.

320ml
alc. 5.0% vol.
San Miguel Brewery
PHILIPPINES
Pale Lager

San Miguel

PALE PILSEN

A truly satisfying beer with a refined,
well-balanced flavor.
perfected and brewed following over a century
tradition of brewing excellence.

La Chouffe

(라 쇼페 / 벨기에 / 8.0%)

+ 이번에는 장수하는 영장류를 모델로 한 맥주를 소개해 본다. 게임을 좋아하거나 판타지 소설을 많이 읽은 언니들이라면 이 맥주의 라벨에 그려진 난쟁이를 알 것이다. 하지만 잘 모르는 사람들은 스머프 맥주라고 부르기도 한다.
'라 쇼페' 맥주의 라벨에 그려진 난쟁이는 '노움Gnome'이라 불리며 유럽 신화에 등장하는 자연계 4대 정령 중 하나인 흙의 정령이다. 노움은 두 뼘 정도 되는 작은 키에 뾰족한 모자를 쓰고 수염을 기른, 명랑하고 밝은 성격의 종족이다. 땅속의 광물과 식물을 관리해 준다고 해서 유럽에서는 정원에 장식품으로 노움 모형을 세워 놓은 집들이 많다.
이러한 노움의 수명은 무려 400살이라고 한다.
400살이라… 이왕 사는 거 400년 정도는 살고 싶은 언니들이라면 노움 라이프에 주목해 보자. 단 여자도 350살이 지나면 수염이 자란다고 하니 그건 주의하기 바란다. 못생김이 배가 될 수 있다.

+ 땅속에 사는 난쟁이들의 술답게 라 쇼페는 아주 달달하다. 절구에 고수풀과 곡식과 꿀과 바나나를 넣고 쪄서 발효시킨 듯한 맛과 향. 꽃가루 날리는 봄철 꿀벌 같은 기분이 드는 맥주. 바나나킥을 담금주로 만들면 이런 맛이 나지 않을까 싶다. 하지만 알코올 도수가 높으니 조심해야 한다. 적당히 마시고 예쁘게 취하자.

CHOUFFE SONG ~
CHOUFFE
LA CHOUFFE
BIÈRE BLONDE D'ARDENNE · ARDENS BLOND BIER
Alc. 8% Vol.
℮ 330 ml
330ml
alc. 8.0% Vol.
Brasserie d'Achouffe
(Duvel-Moortgat)
BELGIUM
Belgian Strong Ale
BRASSERIE D'ACHOUFFE - B - 6666
ACHOUFFE / WIBRIN - BELGIQUE
LA
CHOUFFE

자기계발서를 읽고 싶을 때

술을 마시면서 동시에 자기계발까지 도모하고 싶은 언니들이라면 주목.
여기 웬만한 자기계발서 못지않은 굳센 성공담을 가진
맥주들이 있어 소개하고자 한다.
그들은 어떻게 위기를 극복하고 저렇게 성공한 걸까.
그들은 어떻게 이 험난한 세상에서 우뚝 살아남은 걸까.
타인의 경험을 보고 내 것으로 만들어 보자.
물론 100% 내 것이 된다는 확신도 없고, 그대로 따라 했을 때
나도 그들처럼 성공하리라는 보장도 없다.
하지만 나도 나름 이렇게 노력하고 있다는 것만으로 위안을 삼을 순 있다.
부족하나마 나의 실천담도 넣어 보았다.

자기계발서나 타인의 성공 사례를 읽고 실천담을 적어 보면
뭔가 나도 행동으로 옮겨 봤다는 보람이 생긴다.
맥주도 마시고, 자기계발도 하고, 보람도 느끼고.

이게 바로 '일타삼피'.

THE KING of BEERS
The King of Beers

Asahi Super Dry

(아사히 수퍼 드라이 / 일본 / 5.0%)

+ 우리나라에서 가장 선호도 높은 수입 맥주이자 엔젤링 광고로도 유명한 '아사히 수퍼 드라이'는 1980년대에 시장 점유율 60%를 자랑하는 업계 1위 맥주 기린에 밀려 부도 위기까지 갔었다.
아사히는 왜 자신들의 맥주가 팔리지 않는지 몰랐다. 독일에서 정통 맥주 양조기술을 배워 와 최고 수준의 맥주를 만들어 파는데도 사람들이 사서 마시질 않았다. 이렇게 잘 만든 맥주를 왜 아무도 마시지 않는 것일까. 아사히는 사람들이 맥주 맛을 몰라도 너무 모른다며 애꿎은 소비자만 원망하고 또 원망했다.

하지만 아무리 좋은 맥주를 만들어도 사람들이 사 먹지 않는다면 그것은 소용없는 것이다. 아무리 최고의 맥주를 만들어도 소비자가 원하지 않는다면 그것은 필요없는 것과 마찬가지다.
우리는 최고의 맥주를 만들었는데 사람들은 왜 이것을 마시지 않을까? 그들은 이 답을 알아야 했다.
그래서 아사히는 몸을 낮추고 귀를 열었다. 벼랑 끝에서 아사히는 변화를 시도했다. 소비자의 목소리에 귀 기울이고 회사가 만족스러운 맥주가 아니라 소비자가 원하는 맥주를 만들기 위해 노력하기 시작한 것이다.
그렇게 해서 아사히가 알게 된 것은 소비자들이 원하는 맥주는 '**깔끔하고 상쾌하며 어떤 음식에도 잘 어울리는 맥주**'라는 것이다. 기존에 아사히가 만들었던 '쓰고 무거운 맥주'와는 거리가 있었다.

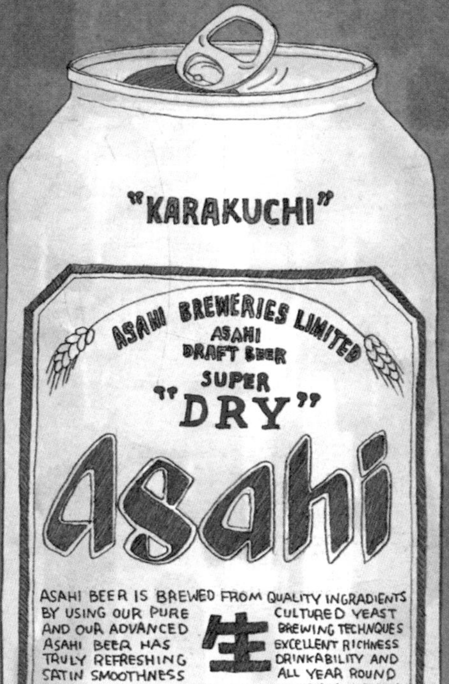
"KARAKUCHI"
ASAHI BREWERIES LIMITED
ASAHI
DRAFT BEER
SUPER
"DRY"
Asahi
ASAHI BEER IS BREWED FROM QUALITY INGRADIENTS BY USING OUR PURE CULTURED YEAST AND OUR ADVANCED BREWING TECHNIQUES ASAHI BEER HAS EXCELLENT RICHNESS TRULY REFRESHING DRINKABILITY AND SATIN SMOOTHNESS ALL YEAR ROUND YOU CAN ENJOY THE GREAT TASTE OF ASAHI BEER!
生
スーパードライ
生ビール（非熱処理）
500ml

500ml. alc. 5.0% Vol. Asahi Breweries.
JAPAN. PALE LAGER.

이후 소비자가 원하는 최적의 맥주를 만들기 위해 애쓰던 아사히는 1987년, 마침내 '아사히 수퍼 드라이'라는 새로운 장르의 맥주를 내놓았고 이것은 탄생과 동시에 메가 히트급의 인기를 얻으며 시장을 장악하게 되었다. 얼마나 인기가 좋았던지 급증하는 소비량을 생산량이 따라가지 못해 신문에 '품절되어서 죄송하다'는 사과 광고를 내야 할 정도였다.

아사히 수퍼 드라이의 성공은 부도 위기 직전까지 갔던 아사히 맥주를 업계 1위로 만들어 주었고, 이를 본 다른 업체들도 너도나도 부랴부랴 드라이 맥주를 만들어 내느라 일본에는 사상 유례없는 '드라이 전쟁'이 발발하기도 했다. 결국 오늘날 아사히 수퍼 드라이는 일본을 대표하는 맥주가 되었고, 우리나라에서도 최고의 선호도를 자랑하는 수입 맥주로 자리매김했다.

+ 아사히 수퍼 드라이가 1위를 하게 된 것에는 뛰어난 **포지셔닝 전략**도 한몫했다.

이미 소비자들에게 뿌리 깊게 각인된
'라거=기린'이라는 공식을 피하고,

'드라이'라는 장르를 개척해
'드라이=아사히'라는 새로운 공식을 만들어 그것으로 1위가 된 것이다.

그리고 현재, 아사히는 기린과 일본 내 맥주 판매량 선두자리 다툼을 벌이고 있다. '넘사벽'이었던 기린이 이제는 넘을 수 있는 벽이 된 것이다.

+ 내가 가고자 하는 길에 이미 '넘사벽'의 1인자가 있다면 나는 어떻게 해야 할까? 내가 최선을 다한 일이 사람들에게 외면을 받았을 때 나는 어떻게 해야 할까? 당장 벼랑 끝에 몰렸을 때 나는 어떻게 해야 할까?

아사히는 이렇게 했다!

Asahi ① 나를 낮추고 상대의 얘기를 듣자.

Asahi ② 기존에 없던 새로운 장르를 만들어서 거기서 최고가 되자.

말은 쉽지만 참 어려운 얘기들이다. 성공하는 사람들은 역시 다들 이유가 있나 보다. 이 내용들이 과연 나에게도 적용이 될까? 그래서 나도 한번 실천해 보기로 했다.

1. **현재 상황:** 맥주 책들이 이미 잔뜩 쏟아져 나와 뒤늦게 책을 내는 나는 망할지도 모른다. 엄청난 노력과 열정을 쏟아부은 댓가가 독자들의 외면과 악평일 수도 있다.
2. **전략 하나:** 나를 낮추고 다른 사람들의 의견을 적극 수용했다. 최대한 사람들이 원하는 책을 만들고자 노력했다.
3. **전략 둘:** 맥주 덕후들을 타깃으로 한 고급스럽고 전문적인 책은 이미 많으니, 나는 보다 쉽고 가벼우며 주로 마트에서 맥주를 사는 또래 언니들을 타깃으로 한 책으로 승부를 보기로 했다.
4. **결과:** 아직 모른다. 아사히의 전략이 나에겐 먹히지 않을 수도 있다. 이 책이 망한다면 언니들은 '역시 성공담은 남의 얘기일 뿐이야~'라고 생각하면 된다. 나는 그저 절망하겠다. 만약 잘된다면 개정판에 결과를 수정해서 넣겠다. 대성공이라고. 그날이 오기를 기대해 본다.

Samuel Adams Boston Lager

(사무엘 아담스 보스턴 라거 / 미국 / 4.8%)

+ 생각해 보자. 내 친구가 이렇다면 과연 나는 뭐라고 했을까?
하버드 대학에서 JD(법학 박사)과정과 MBA(경영학 석사)과정을 우등생으로 마친 수재가 졸업 후 잘나가는 회사에서 안정적인 수입을 얻으며 사회에서 자리를 잡아갈 즈음, 갑자기 일을 그만두고 "맥주나 만들어 봐야겠다"라고 한다면?
과연 그를 보고 뭐라고 했을까?
참고로 그의 가족들은 '세상에 둘도 없이 어리석은 놈'이라고 했고, 많은 사람들이 그를 보고 '미쳤다'고 했다. 아마 대부분 반응이 비슷하지 않을까? 보장된 길을 뿌리치고 모험을 택하다니.

그가 바로 미국 크래프트 맥주의 선두주자인 '사무엘 아담스'를 만든 '짐 코흐'다. 쟁쟁한 스펙도, 훌륭한 직장도 모두 때려치우고 양조업에 뛰어든 짐은, 실은 5대째 이어오는 양조장 가문의 장자였다. 영특하고 명민해서 하버드 대학까지 나온 전도유망한 젊은이였지만 양조장 가문의 피는 속일 수가 없었던 것이다. 모든 사람의 만류와 걱정 속에서 그는 고조할아버지의 레시피를 가지고 부엌에서 '사무엘 아담스 보스턴 라거'를 만들었고, 이것을 가지고 보스턴의 펍과 레스토랑을 돌아다니며 술꾼들을 상대로 홍보했다. 이때 그의 나이 서른다섯, 1985년의 일이었다.
사무실도, 컴퓨터도, 유통업자도 없이 그와 그의 단 하나뿐인 동업자는 그저 죽어라 발로 뛰며 판로를 뚫었고, 그들의 노력에 부응이라도 하듯 맥주는 생각보다 빨리 사람들의 입맛을 사로잡았다. 기존에 대기업에서 만든 황금빛 라거만 마시던 사람들에게 사무엘 아담스는 맥주의 지평을 넓혀 주는 새로운 세계였던 것이다. 사무엘 아담스는 엄청나게 빠른 속도로 유통망이 확장되었고, 동시에 각종 맥주 대회에서 수많은 상을

SAMUEL
ADAMS
BOSTON LAGER
355ml. alc. 4.8% vol.
Boston Beer Company. USA.
Vienna Lager.

휩쓸며 승승장구했다.

그리고 30년이 지난 지금. 짐이 설립한 '보스턴 비어 컴퍼니'는 연간 1조 원 이상의 수입을 올리며 성장 중이다. 그는 억만장자가 되었지만, 여전히 새로운 맥주에 대한 시도를 멈추지 않고 있다.

+ 이러한 결과를 그 누가 예상이나 했을까. 심지어 평생 양조를 업으로 삼아 오던 가족들조차 그의 길을 반대했었다. 그가 만약 주변의 반대에 자신의 의지를 꺾고 그저 있는 자리에서 안주했다면 오늘날의 사무엘 아담스는 없었을 것이다. 타인의 인생에 함부로 간섭할 권리가 내게 있을까. 문득 나를 돌아보게 된다.

1. **생각해 볼 문제:** 부모님의 뒷바라지를 받고 대학에서 석사 과정을 마친 후배가 대기업에 취업한 지 3년쯤 되었는데 갑자기 회사를 그만두고 본인이 정말 원하는 일을 찾아보고 싶다고 한다. 10대와 20대를 내내 공부에 쫓기며 살았고, 30대인 지금도 매일 쫓기듯 일하고 있는데 이렇게 평생 살 수는 없다는 것이다. 부모님은 노발대발 난리가 났고, 친구들은 "정신 차려라", "요즘 같은 세상에 배부른 소리 한다", "결혼은 안 할거냐"라고 조언을 던졌다. 나는 뭐라고 해야 할까.
2. **실천:** "네 인생이고 네 결정인데 누가 감히 그걸 간섭할 권리가 있겠어. 네가 하고 싶은 일 꼭 찾았으면 좋겠다."라며 쿨하고 멋진 선배의 모습을 보였다. 잘 한 건지는 모르겠다.
3. **결과:** 아직 모름. 최소한 5년은 지나 봐야 알 것 같음.

+ '사무엘 아담스 보스턴 라거'는 군고구마 같기도 하고, 에스프레소 같기도 하고, 다크 초콜릿 같기도 한 엄청난 맥주이다.

정말 미친 듯이 맛있다. 개인적으로는 내 맥주 인생에 전환점을 가져다준 맥주이기도 하다.

20대 중반, 강남의 작고 어둑어둑한 바에서 친구와 함께 귀를 찌르는 로큰롤 음악에 몸을 맡기고 머리를 흔들며 이 맥주를 마셨었다. 자그마한 바 구석구석 엄청나게 크게 울려 퍼지던 '라디오헤드'의 'Creep'. 그때 그 기억이 너무나 강렬해서 아직도 이 맥주를 마실 때면 그때 그 순간이 생각난다. 내 20대의 감성 한 조각을 책임졌던 맥주. 나를 본격적으로 맥주 세계에 뛰어들게 해준 내 인생의 맥주.

※ '사무엘 아담스'는 보스턴에서 미국 독립운동을 주도했던 유명한 독립운동가의 이름이다. 세계사 시간에 배웠던 '보스턴 차 사건'이 바로 그의 작품이다. 물론 기억이 나질 않겠지. 정상이다. 사무엘 아담스 맥주의 라벨에는 맥주잔을 들고 있는 젊은 사무엘 아담스의 훈훈한 모습이 그려져 있다. 미국 크래프트 맥주에 입문하려는 사람이나 새로운 맥주를 먹어 보고 싶은 사람에게 가장 먼저 추천하고 싶은 맥주이다.

크래프트 맥주란

소규모의 양조장에서 일정량 이하만 생산하는 독창적이고 독립적인 브랜드의 맥주를 뜻하는 말로 미국에서 시작되었다. 우리나라 마트에서 만날 수 있는 미국의 유명한 크래프트 맥주들에는 '사무엘 아담스Samuel Adams', '도그피쉬 헤드Dogfish Head', '밸러스트 포인트Ballast Point', '라구니타스Lagunitas' 등이 있다. 대기업 맥주들이나 유럽 맥주들과는 색다르고 강렬한 매력을 느낄 수 있으니 도전해 보자.

요즘은 우리나라에서도 독립적으로 양조장을 설립해 자신들만의 독특한 레시피로 독창적인 맥주를 만드는 크래프트 맥주 펍들이 늘어나고 있다. 특히 이태원 경리단길은 다양한 크래프트 맥주들을 만나 볼 수 있는 크래프트 맥주의 메카이다. 지역에도 대도시나 중심가에는 그 지역의 특색이 물씬 풍기는 크래프트 맥주 펍들이 있으니 관심 있는 언니들은 찾아보길 바란다.
참고로 요즘은 혼자 맥주를 즐기는 분위기가 잘 형성되어 있으니 함께 갈 친구가 없는 언니들도 슬퍼하지 말자. 혼자 앉아서 술을 마셔도, 안주를 시키지 않아도 아무도 눈치 주지 않는다.
크래프트 맥주 펍에서 맥주를 마시다 보면 '맥주 덕후'라 불리는 사람들을 많이 만나게 된다. 새로운 사람들과 자연스럽게 말을 섞고 친해지는 계기가 되기도 한다.

CRAFT HOUSE
CRAFT
HOUSE
OPEN
CRAFT
BEER
LAGER
ALE
CRAFT
BEER
HOUSE

감기 기운이 있거나 그날일 때

몸은 으슬으슬. 컨디션은 최악.
감기 기운이 있는데 생리도 겹쳤다.
아랫배는 욱신욱신 쑤시고 머리는 지끈지끈 아프다.
이 와중에 할 일은 왜 이렇게 많고, 주위의 잔소리는 왜 끊이지 않는 건지.
사람들이 모두 합심해서 나를 괴롭히는 것 같다.
다 때려치우고 도망가고 싶다. 따뜻한 나라로 여행 가고 싶다.
나 힘들다고, 제발 나 좀 가만 내버려 두라고 미친 듯이 소리치고 싶다.
하지만 그럴 수 없는 현실이 답답하다.

나도 겪어 봤고 언니도 겪어 봤고,
여자라면 누구나 한 번쯤은 겪어 봤던 바로 그 순간.
한껏 예민해진 언니들을 위한 맥주를 추천해 본다.

토닥토닥…

ritzer
itzer
EBIER
2014
AY
STES
e brewed in Belgium

Köstrizer Schwarzbier

(쾨스트리쳐 슈바르츠비어 / 독일 / 4.8%)

+ 우리나라에서 기력 회복을 위해 쌍화탕에 날달걀을 넣어서 먹듯 독일에서는 이 맥주에 날달걀(노른자)과 설탕을 넣어서 먹는다고 한다. 날달걀과 설탕을 넣어 마시는 맥주. 바로 '쾨스트리쳐 슈바르츠비어'다.
쾨스트리쳐가 건강 회복에 도움이 된 대표적인 예로는 독일의 대문호인 괴테의 이야기가 있다. 괴테는 맥주광이었는데 그가 가장 사랑했던 맥주가 바로 이 쾨스트리쳐였다. 얼마나 좋아했으면 맥주 라벨에 자신의 초상화를 넣어도 된다고 했을 정도이다(실제 초상화가 들어가기도 했다).
그리고 괴테가 병에 걸려 식사를 하지 못하게 되었을 때 그의 건강을 회복하는 데 유일하게 도움을 준 것도 바로 쾨스트리쳐 맥주였다. 또한 괴테는 감기에 걸렸을 때에도 쾨스트리쳐를 먹고 나았다고 한다. 이쯤 되면 거의 만병통치약이 아닌가 싶다. 언니들도 기력이 쇠한 날 쾨스트리쳐를 마시고 괴테의 기운을 느껴 보라. 단, 너무 차갑게 마시면 건강에 도움이 안 되니 실온에 두었다가 마시자.

+ 쾨스트리쳐는 다른 흑맥주들에 비해 뒤끝이 있다. 쓴맛이 뒤늦게 혓바닥을 후려친다. 뒤끝 있는 남친 같은 맥주. 담담하게 씁쓸하다. 약간 한약 느낌이 나기도 한다.

※ 쾨스트리쳐 슈바르츠비어는 괴테 외에도 많은 역사적 인물들이 사랑하고 즐겨 마시던 맥주이다.

Köstritzer
SCHWARZBIER
GERMAN BEER
GEBRAUT NACH DEM DEUTSCHEN REINHEITSGEBOT
Seit 1543
KÖSTRITZER BRAUKUNST
Köstritzer
SCHWARZBIER
BLACK LAGER BEER
330ML · 11.2 FL. OZ.
KÖSTRITZER SCHWARZBIERBRAUEREI
BAD KÖSTRITZ
Köstritzer
330ml . alc . 4.8%. vol
Schwarzbier
Köstritzer Schwarzbier-brauerei GERMANY

Chimay Blue

(시메이 블루 / 벨기에 / 9.0%)

+ 이 맥주를 처음 마트에서 봤을 때 나는 정말 놀랐다. 수도원에서 수도사들이 공들여 만든 맥주를 동네 마트에서 이렇게 쉽게 만나도 되는 것인가. 수도사들의 피와 땀이 마트에서 꽃피우는 세상이 온 것인가. 나는 조용히 '시메이'를 색깔별로 카트에 담았다(가격 때문에 손을 벌벌 떤 것은 비밀이다).

신에게 자신을 봉헌하고, 신과 가장 가까운 사람들이 직접 만든 맥주라니. 한 모금 한 모금에 신의 축복이 깃들어 있을 것 같고, 한 병 한 병에 신의 은총이 충만해 있을 것만 같다. 이 엄청난 맥주를 동네 마트에서 만날 수 있다니 세상 참 좋아졌다.

할 일은 많은데 컨디션도 안 좋고 유난히 예민했던 날. 실온에 두었던 시메이 블루를 와인 잔에 따라서 천천히 마셨다. 복잡하고 미묘하게 수많은 것들이 뒤엉켜 있는 것 같은 맛이 마치 '그날'의 내 상태 같았다. 한 편에서 텅 빈 눈으로 나를 바라보는 수도사의 공허한 얼굴이 보이는 것 같았다. 그리고 나는 곧 뻗어 자 버렸다.

다음 날 아침. 와~. 오랜만에 꿀잠을 잤다. 이래도 되나 싶을 정도로 개운하게 일어났다. 컨디션이 한결 좋아졌다.

+ 시메이 블루는 아주 중후하고 달콤하다. 말린 과일을 오물오물 씹는 것 같은 맛. 말린 블루베리와 건포도가 입안을 휘젓고 있는 듯한 맛이 난다. 맥주가 혀 위에서 그림을 그리고 있는 듯하다.

※ 시메이 블루는 숙성될수록 맛이 더욱 좋아진다. 시메이 블루를 숙성시켜 마시는 사람들을 위해 시메이 블루의 라벨에는 몇 년도에 생산된 것인지를 알려 주는 생산 연도가 새겨져 있다. 기본적으로 2년은 넘어야 맛이 든다고 하니 참고하기 바란다(서늘하고 그늘진 실온에 보관해야 함).

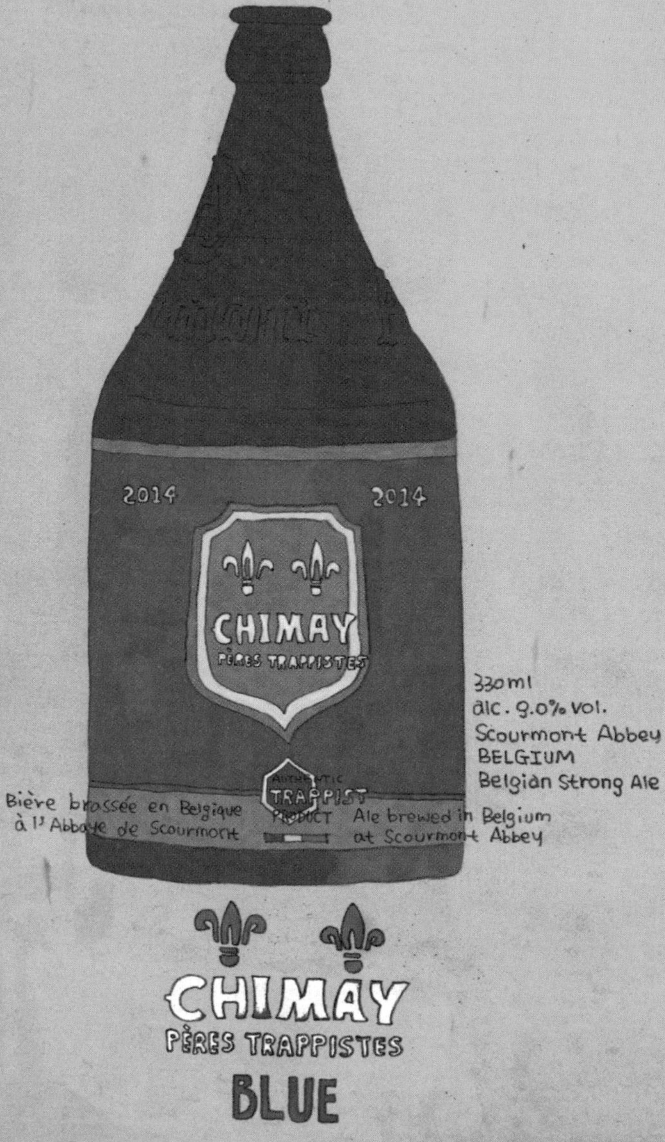
2014
2014
CHIMAY
PÈRES TRAPPISTES
330ml
alc. 9.0% vol.
Scourmont Abbey
BELGIUM
Belgian Strong Ale
TRAPPIST
PRODUCT
Bière brassée en Belgique
à l'Abbaye de Scourmont
Ale brewed in Belgium
at Scourmont Abbey
CHIMAY
PÈRES TRAPPISTES
BLUE

Paulaner Salvator Doppelbock

(파울라너 살바토르 도펠복 / 독일 / 7.9%)

+ 우리나라에서 감기에 걸린 사람을 보면 소주에 고춧가루를 타서 먹으라고 하듯이 독일에서는 노인이나 몸이 안 좋은 사람들이 오면 '복 맥주'를 중탕해서 준다고 한다. 뜨뜻하게 한 잔 마시고 푹 자라는 것이다.

으슬으슬한 날 몸을 따뜻하게 만들어 주어서 겨울에 마시면 더 좋은 맥주. 심신을 안정시켜 주고 잠이 잘 오도록 도와주는 맥주. 그러면서 영양소까지 풍부한 맥주. '도펠복 맥주'의 대표주자인 '파울라너 살바토르'다.

살바토르는 파울라너 수도원에서 가장 먼저 만들어진 맥주이자 수도사들이 금식 기간에 영양을 보충하기 위해 만들어 마시던 맥주였다. 라벨의 그림은 1년에 한 번 파울라너 수도원을 방문한 지역의 영주에게 수도사들이 이 맥주를 대접했던 풍습을 담은 것이다.

오늘따라 몸이 영 거시기한 언니들은 살바토르를 마셔 보자. 상온에 두고 그냥 마시거나, 따뜻하게 중탕해서 마시면 몸이 금세 나른해질 것이다. 꿀잠 자는 데에도 도움이 된다.

+ 살바토르는 부드럽고 달짝지근하며 진득한 느낌이 드는 맥주다. 말린 자두로 술을 담근 느낌. 상온에서 마셔야 더 깊은 맛을 느낄 수 있다. 얼마 전까지만 해도 백화점 주류 코너나 전문 바틀숍에서만 볼 수 있던 귀한 맥주였는데 어느새 마트까지 진출했다. 그래도 귀한 맥주임엔 변함 없지만.

Paulaner
Brauerei.
Doppelbock.
alc. 7.9%. Vol.
GERMANY.
330ml.

맥주는 건강에 좋다?

그렇다. 맥주는 적당히 마시면 건강에 아주 좋은 음료다. 중세 수도원의 수도사들은 금식 기간에 맥주를 마시며 영양분을 보충하고 건강을 유지했다. 그래서 맥주를 '액체 빵' 혹은 '흐르는 빵'이라고 부르기도 한다. 기네스는 한때 자신들의 맥주가 건강에 좋다는 슬로건으로 홍보하기도 했고, 독일에서는 식사 대신 맥주를 마시기도 한다. 여기서는 맥주가 건강에 좋은 과학적이고 영양학적인 정보를 알려 주겠다.

보리

맥주의 주 원료인 보리는 쌀보다 칼로리가 낮고 식이섬유가 풍부해서 우리 몸의 배설작용을 돕는다. 또한 칼슘, 인, 철, 칼륨 등 미네랄과 비타민 B가 풍부해서 몸의 기능을 유지시키는 데 도움이 되고, 면역체계를 강화시키며, 신진대사의 촉진을 도와준다. 그래서 맥주를 마시면 피로회복에 도움이 된다는 연구 결과도 있다. 더불어 몸 안의 콜레스테롤 함량을 낮춰 주고, 호흡기 질환과 심혈관 질환에도 도움이 된다고 한다.

홉

맥주에 향긋함과 쓴맛을 더해 주고 천연 방부제 역할까지 하는 홉은 특히 언니들에게 아주 좋은 식물이다. 홉에는 여성호르몬을 촉진시키는 성분이 있어서 피부 건강과 탄력에 도움이 되고, 부인과 질환에 걸릴 확률을 낮춰 준다. 독일에서는 홉 재배 지역 근처에 있는 호텔에서 홉 사우나를 운영하기도 하는데 그게 그렇게 피부에 좋다고 한다. 또한 홉에는 신경을 안정시켜 주는 성분이 들어 있어서 예민함이나 불안, 긴장을 완화시켜 주고, 잠을 잘 자도록 도와준다. 그래서 독일에서는 수면장애가 있거나 잠을 잘 못 자는 사람들을 위해 홉이 들어간 베개나 인형을 팔기도 하고, 홉으로 만들어진 수면유도제도 판매하고 있다.

효모

맥주를 발효시키는 효모는 단백질과 미네랄, 비타민 B 등 각종 영양소가 풍부하고 노화 방지와 탈모에 좋아 유명 화장품이나 영양제, 탈모약의 재료가 되고 있다. 특히 뇌에 필요한 영양소가 풍부해 뇌기능 향상에 도움이 되고, 항산화 성분이 풍부해 면역력 증강에도 도움이 된다. 또한 헤모글로빈과 적혈구의 생성을 도우며 엽산을 함유하고 있어 임산부에게도 좋다. 물론 임산부에게는 무알코올 맥주를 권한다. 독일에서는 맥주공장에 사춘기 아이들을 데리고 오는 부모들이 많은데 이것은 효모 성분이 피지의 과다 분비를 막아 주고 여드름 개선에 좋기 때문이라고 한다.

이렇게 몸에 좋은 성분으로 가득 찬 맥주지만 많이 마시는 것은 금물이다. 아무리 영양분이 풍부해도 맥주는 기본적으로 '술'이니까. 과음은 절대 금물이다. 적당히 마시고, 예쁘고 건강하자.

술을 잘 못 마시거나, 임신 중이거나, 운전을 해야 할 때

술을 잘 못 마시거나, 임신 중이거나,
곧 운전을 해야 하는 언니들을 위해 양조 기술자들은 엄청난 것을 발명했다.
맥주를 마시고 싶어도 마실 수 없는 언니들을 위한 놀라운 음료.
맥주 마시는 기분이라도 느껴 보라고 탄생한 갸륵한 음료.

바로 '무알코올 맥주'다.

솔직하게 말하자면 술도 좋아하고, 임신 계획도 없고,
운전도 안 하는 내가 무알코올 맥주를 마시는 날이 올 줄은 꿈에도 생각지 못했다.
"알코올 없는 맥주라니. 그걸 왜 마셔?" 그래. 나는 이런 여자였다.
하지만 임신 중인 후배가 무알코올 맥주를 마시며 행복해하는 모습을 보자
생각이 바뀌었다. '이 맥주 하나로 사람이 저렇게 행복해질 수 있다니…'
뭔가 마음에 와 닿는 것이 있었다.
그래서 꼭 무알코올 맥주를 소개하는 글을 넣어야겠다고 다짐했다.
임신한 후배처럼 술을 마실 수 없는 상황의 언니들에게 최대한 맥주와 비슷하고
최대한 맛있는 무알코올 맥주를 소개해 줘야겠다고 생각했다.
그리고 나는 마트로 달려가 마트에서 팔고 있는 모든 무알코올 맥주를 카트에 담았고,
모두 비교하며 마셔 보았다. 이것은 그 결과의 기록이다.
언니들에게 도움이 되었으면 좋겠다.

※ 보통 술은 인터넷에서 살 수 없지만 무알코올 맥주는 인터넷 쇼핑몰에서도 주문할 수 있다.

ALCOHOL-FREE

NO.1 Nonalcoholic Lager

강력 추천!

Krombacher

이것은 맥주다! 진짜 맥주다!
그냥 라거 그 자체!

Bitburger

일반 라거와 큰 차이가 없다.
그냥 맥주를 마시는 기분!

NO.1 Nonalcoholic Weizen

강력 추천!

Maisel's Weisse

밀맥주 특유의 구수함. 풍부한 거품.
이건 그냥 밀맥주다!

Erdinger

맛도 거품 유지력도 모두 훌륭하다.
일반 밀맥주와 큰 차이가 없다.

Clausthaler
탄산이 적고 싱겁다.
Oettinger
달달한 맛과 향.
Bavaria
김빠진 맥주 느낌.
과일이 그려진 것은
과일 음료 맛이 난다.
Dorada
쓴맛이 강조되었다.
CLAUSTHALER
CLASSIC
PREMIUM NON-ALCOHOLIC
NON-ALCOHOLIC MALT BEVERAGE
OETTINGER
Alkoholfrei
German Quality
Bavaria
Holland
0.0%
PREMIUM
ORIGINAL
DORADA
Sin
중간 추천

White Bear
달다. 달고나 물 같다.
과일이 그려진 것은
과일 음료 맛이 난다.
Mac's Light
씁쓸한데 시다.
San Miguel
밤 맛이 난다.
구수한데 쓰다.
Hite Zero
밤 냄새가 난다.
매우 달다.
애매한 추천

맥주마다 다양한 전용 잔이 존재하는 이유

세상에는 엄청나게 많은 맥주의 종류만큼
무수히 많고 다양한 모양의 전용 잔들이 존재한다.
전용 잔들은 수많은 수집가를 양산하여
그들을 끝없는 잔의 세계로 인도하는데
이렇게 탄생한 이들을 '잔 덕후'라 부른다.

맥주잔을 수집하는 잔 덕후들을 보면 정말 그 위용이 엄청나다. 잔 하나를 구하기 위해 어디든 찾아가고, 얼마든 지불한다. 그들을 보면 그저 단순하게 맥주만 좋아하는 나 같은 일개 병나발 맥주 애호가는 너무 하찮아서 고개를 들 수가 없다. 전용 잔까지 수집하는 잔 덕후쯤은 되어야 진정한 덕후라 부를 수 있는 것. 그렇게 수집한 전용 잔을 통해 오감으로 맥주를 음미하는 그들의 정성에 존경이 발아한다.

수많은 전용 잔과 잔 덕후들의 존재가 보여 주듯, 맥주의 맛을 제대로 느끼려면 반드시 맥주를 전용 잔에 따라 마셔야 한다. 전용 잔은 해당 맥주의 맛과 향과 거품과 온도뿐 아니라 손이 닿는 위치와 한 병이 올곧이 담기는 용량에 알코올 도수까지 모두 고려해 만들어진, 맥주와 교감하기 위한 최적의 도구이기 때문이다. 그래서 심지어는 잔의 모양에 따라 맥주 맛이 달라진다는 말도 있다.

하지만 그 많은 전용 잔들을 모두 흔하게 구할 수 있는 것도 아니고, 미각이 엄청나게 예민한 사람이 아니면 잔에 따른 맛의 차이를 느끼기도 어려우니, 보통은 그냥 집에 있는 여느 잔에 따라 마셔도 무방하다. 부담 갖진 말자.

참고로 잔에 이물질이나 물이 묻어 있으면 맥주 맛을 해치니 미리 잘 닦아서 건조시켜 놓는 것이 상책이다. 잔을 냉장고에 넣어 차게 만든 뒤 맥주를 따르면 맥주 맛이 더 살아난다.

※ 전용 잔은 어디서 구하나: 마트나 백화점의 주류 코너에서는 종종 맥주에 전용 잔을 포함한 '전용 잔 패키지 세트'를 팔곤 한다. 단, 이벤트성이기 때문에 원하는 잔을 구하려면 기회를 잘 포착해야 한다.

BEER GLASSES

A GLASS OF BEER
ALWAYS HITS THE SPOT!

병맥주와 캔맥주의 맛은 같은가

마트 주류 코너에서 세계 맥주를 접하는 나 같은
방구석 맥주 애호가 언니들이 반드시 짚고 넘어가야 할
아주 중요한 문제가 있다.

바로 병맥주와 캔맥주의 맛이
같으냐 다르냐 하는 것!

이에 대해 정말 많은 사람들이
'병맥주파'와 '캔맥주파'로 나뉘어
서로 다른 의견들을 내놓았고,
지금도 여전히 기나긴 설전을 이어 나가고 있는 중이다.

'병맥주 vs 캔맥주'는
전 세계 맥주 애호가들의 공통된 이슈이다.

오오~
흥미진진!!
우웃!

BOTTLE TYPE
술은 역시 병으로 마셔야 제맛이지. 유리병 특유의 감성과 촉감을 무시할 수가 없다구. 캔의 안정성을 아직 믿을 수도 없고. 특히 국산 병맥주는 재사용이 가능해서 친환경적이야.

CAN TYPE
완벽한 자외선 차단! 산소 차단! 맥주의 보관과 보존에는 역시 캔이 최고지! 다양한 디자인을 만날 수도 있고. 재활용의 영역에서는 캔이 병보다 낫다고.

DUNHAN TYPE
응? 병이랑 캔이랑 맛이 다르다고? 언제부터? 나만 몰랐나? 내 입엔 똑같던데? 어라? 똑같은 거 아냐?

이러한 설전은 캔에 담긴 맥주에서 간혹 쇠 맛이 난 것과
캔이 병보다 고급스럽지 못하다는 느낌,
그리고 병이 더 위생적이고 촉감이 좋다는 인식 등에서 비롯된 것이다.
그래서 지금까지는 병맥주가 더 맛있다는 쪽의 주장이 우세했다.

하지만 현재엔 캔의 포장 기술이 발달해서
쇠 맛이 나는 등의 상황이 크게 줄었고,
그보다는 오히려 이동과 보관의 편리함, 완벽한 자외선 차단,
냉장고에서 병보다 더 빨리 시원해지고,
마신 후 재활용이 용이하다는 점 등의
장점으로 캔이 점점 각광받고 있는 추세다.

이래 봬도
80년의 역사를
자랑한다오
CAN

덧붙이자면, 페트는 병이나 캔보다 맛이 떨어진다.
페트는 일단 병이나 캔에 비해
직사광선이나 충격에 의해 변질되기 쉽고,
상대적으로 산소투과율이 높아 산화가 빠르다.
게다가 탄산이 금방 빠지기 때문에 같은 온도에서 마신다면
병맥이나 캔맥보다 덜 시원하고 더 싱겁게 느껴진다는 단점이 있다.
또 외국에서 원자재를 전량 수입하기 때문에 제조 단가가 높고,
특수하게 제작되기 때문에 재활용이 어려워 환경에도 무리가 간다.
여러모로 보아 대용량의 장점 때문이 아니라면
굳이 페트 맥주는 마시지 않는 것이 좋을 듯하다.

PET
나란 페트…
못난 페트…

독일 맥주가 유명한 이유

독일이 맥주의 아이콘이 된 이유?
독일 맥주의 퀄리티가 세계 최고 수준인 까닭은?
그것은 바로 독일의 '맥주 순수령' 때문이다.
맥주를 좋아하는 사람이라면 한 번쯤 들어 봤을 그 이름,

'맥주 순수령'!

중세 시대 때, 맥주에 뱀 껍질이나 시체의 손가락 같은 별 희한한 것들을 다 넣고 만들어 맥주를 마신 사람들이 죽는 일이 발생했다. 게다가, 식량난으로 빵을 만들 밀까지 부족해지자 1516년 독일 바이에른 지방의 공작이었던 빌헬름 4세는 '맥주 순수령'이라는 법률을 반포한다. 즉, 맥주를 만들 때 보리, 홉, 물 이외에 다른 첨가물을 절대로 넣지 못하게 하는 것을 말한다(하지만 그렇게 해놓고 정작 본인은 밀을 넣은 맥주를 만들어 팔아서 큰돈을 벌었다).
이후 파스퇴르에 의해 효모의 존재가 밝혀지면서 보리, 홉, 물 외에 효모가 추가되었고, 19세기에 이르러서야 밀이 추가되어 밀맥주도 합법화되었다. 독일 전역에 있는 거의 모든 양조장들은 이 맥주 순수령을 지키고 있고, 그래서 독일은 맥주 강국으로, 세계 최고 수준의 맥주 생산국으로 발돋움할 수 있었다.

벨기에 맥주가 유명한 이유

정말 아이러니하게도 벨기에에서 맥주가 발달한 이유는 독일과 같은 맥주 순수령이 없었기 때문이었다.

벨기에에서는 맥주를 만들 때 보리, 홉, 효모, 물 이외에 약초, 과일, 초콜릿, 커피, 향신료 등 다양한 것들을 넣어 실험적인 맥주를 만들어 먹곤 했는데, 그러다 보니 지금과 같이 개성 강하고 독특한 맥주들이 탄생하게 되었다.
벨기에 맥주가 유명한 것은 또 이렇게 다양하고 개성 넘치는 맥주들에 제각각 어울리는 전용 잔이 있기 때문이다. 그 어떤 펍에 가더라도 모든 맥주를 각기 다른 전용 잔에 따라 마실 수 있다는 점은 정말 크나큰 매력이 아닐 수 없다.

어쨌거나
맛있는 맥주를
마음껏 마실 수
있어서
참 좋다.
그치?
응!

원샷 싫어~
파도타기 싫어~
소맥 싫어~
폭탄주는 더 싫어~
폭탄주 마시면 토 나온단 말야~
너랑 러브샷하는 건 더 싫어~!!!!
에이이이~ 그러지 말고오~ 이리 와 봐아~
꺅-
싫지만 그렇게 해야 하는 건 제일 싫어~~
고문이 따로 없어 아주 그냥…
헐슥-

아무리 밍밍하고 싱거운 맥주여도
난 그냥 있는 그대로 마시는 게 좋아.

아무리 소맥이 맛있다 해도
난 그냥 맥주만 마시는 게 좋아.

난 그냥 그 자체로의 맥주가 좋아.
천천히 즐기면서 마시는게 최고야.

하지만
나의 취향은 가끔씩
다른 사람들의 취향에
공격을 받지.

이래야 맛있다니까?
한 번만 먹어 봐.
내가 기가 막히게 만들어 줄게~
잠깐…!!
내 맥주에 소주 넣지 말라고~
맛있는 소맥 제조해 주지 않아도 돼~
너의 취향을 내게 강요하지 말라고~
난 맥주에 뭘 넣는 거 싫다고~
아무것도 안 넣는 게 좋다고~
그냥 마실 거라고~

위스키는 어떠냐고?
아, 좋지~ 21년산쯤 되면 정말 좋지~
부드럽고. 향긋하고.
한편에 세워 놓기만 해도
참 있어 보이고 좋지.

하지만 너무 비싸.
큰맘 먹고 사도
아까워서 못 마셔.

또 홀짝홀짝 마셔야 해서
답답해. 시원하게 쭉쭉
들이키는 맛이 없어.

와인이 분위기 잡는 데 좋다고?
맞아. 그건 그래.
그 어떤 술보다 우아하고
아름답고 기품 있지.

하지만
잔을 드는 데에도
요령을 갖춰야 한다는
번거로움이 싫네.

게다가
뭘 사야 할지도 모르겠어.
어려워. 비싸.

이쪽
잡는게 맞나?

아무 데나
잡다가
몇 번
지적당했음.

중요한 순간에 트림이 나와
민망함을 시전하고
방금 먹은 안주의 맛을
되새김질시켜 주어도.
끄으윽—
아, 쪽팔려...
자... 잠깐... 흐.. 화...
화... 장실 좀.....
분위기를 잡고 나를 바라보는
너의 진지한 얼굴 앞에서
당장이라도 터질 것 같은
방광에 엉덩이를 뒤척이며
굳이 '화장실'이라는
단어를 꺼내야 해도.
너무
오래
참았어
난 맥주가 좋네.
아니 뭐
난 그렇다고.

언니는 맥주를 마신다

03

농익은 언니의 은밀한 맥주 타임

언니의,
언니들에 의한,
언니들을 위한
맥주 타임.

오빠들은 가라.
남자들은 모르는 여자들만의 은밀한 세계에서
우리끼리 툭 까놓고 맥주를 마셔 보자.

이쁜 척하는 것도 내려놓고,
꽉 끼는 옷에 굽 높은 신발들도 벗어 놓고,
외출 전 다리털 제모하듯 민낯의 이야기들을 나눠 보자.

집에서
뒹굴거릴 때

밖에서 좋은 사람인 척하느라 애썼던 언니들.
고생 많았다. 오늘 하루도 정말 수고 많았다.
사람들 눈치 보랴, 이 사람 저 사람한테 맞춰 주랴, 정말 애 많이 썼다.
이제 나만을 위한 시간을 가질 차례다.

가면을 벗고, 모든 것을 내려놓고,
자연인으로 돌아가 마음껏 뒹굴거리며 푹 퍼져 보자.
참았던 방귀도 마음껏 뿌악~ 시원하게 뀌어 보고,
눌러놓았던 트림도 꺼억~ 후련하게 뱉어 보고.
그저 마음껏 충만하게 게을러지며 날 위한 충전의 시간을 가져 보자.
언니는 그럴 만한 가치가 있다.
이럴 때 언니와 함께 뒹굴어 줄 고품격 맥주들을 소개해 본다.
모가지를 붙들고 시원하게 나발을 불어도 좋은
황금빛 찬란한 라거들이다.

Let's ㅋㅋㅋ
병나발 타임~!

START!
FINISH!
캬~

Beck's

(벡스 / 독일 / 5.0%)

+ 가볍고 맛있게 병나발 불기 좋은 맥주로는 우선 '벡스'가 있다.
세계에서 가장 많이 팔리는 독일 맥주인 벡스는 독일 북부에 위치한 도시 브레맨에서 처음 제조된 맥주로 벡스라는 이름은 양조장 설립자인 '하인리히 벡'의 이름에서 따온 것이다.
여기서 말하는 브레맨이란 그림형제의 〈브레맨 음악대〉로 유명한 바로 그 브레맨을 말하는 것이다. 브레맨 시청 앞에 가면 브레맨 음악대의 동상이 서 있는데 멤버 중에서도 당나귀의 앞다리를 양손으로 붙잡고 소원을 빌면 소원이 이루어진다는 얘기도 있다.
방구석에서 뒹굴뒹굴 벡스를 마시며 어릴 적 읽었던 〈브레맨 음악대〉의 추억을 곱씹어 보자. 〈브레맨 음악대〉는 만화로 다양하게 패러디되기도 했다.

+ 개인적으로 벡스는 내 인생 최초의 유럽 맥주이다. 아직 호가든과 기네스조차 접해 보지 못한 풋내기 시절. 맥줏집에서 처음 벡스를 보고 독일 맥주라는 호기심에 마셨다가 그 고소한 맛에 반해 폭음해 버렸다. 이후 노래방에 가서 목이 터져라 'She's Gone'을 열창했던 우아한 추억이 있다. 그날 성대결절까지 올 뻔했었지.
병뚜껑을 열자마자 훅 치고 들어오는 달콤하고 청초한 향. 입안 가득 들어왔다 사라지는 고소하고 쌉싸름한 맛. 누구나 무난하게 마실 수 있는 맥주이다.

※ '브레맨 음악대'는 결국 브레맨에 도착하지 못했다.

REG TM
BECK'S
IMPORTED
BRAUEREI
BECK&CO
REGISTERED TRADEMARK
BECK'S
BIER · BEER
BREMEN 1874 · PHILADELPHIA 1876
BREMEN · GERMANY
330ml
alc. 5.0% Vol.
Brauerei Beck & Co./ BecKs (AB-InBev)
BREMEN, GERMANY
Premium Lager
BECK'S

Krombacher Pil's

(크롬바커 필스 / 독일 / 4.8%)

+ 독일 맥주가 훌륭한 이유는 무엇보다도 기본에 충실하기 때문이다. 오직 맥주 본연의 재료만을 가지고 끊임없이 고민하고 연구하여 그 속에서 최고의 맛을 이끌어 내는 독일 맥주는 그 자체로 이미 하나의 브랜드다. 그중에서도 이번에 소개할 '크롬바커'는 맥주의 대부분을 차지하고 있는 물을 강조한 맥주이다.
숲과 초원으로 둘러싸인 아름다운 자연 속에 위치한 크롬바커 양조장은 그 지역에서만 생산되는 질 좋은 샘물로 맥주를 만든다. 바위층을 통과하며 자연에서 여과된 맑은 샘물은 크롬바커만의 빼놓을 수 없는 자랑이다. 그야말로 방구석에 드러누워 병나발을 불더라도 술만큼은 좋은 것을 원하는 언니들에게 딱 맞는 맥주.
크롬바커 필스를 마시며 몸 구석구석에 쌓인 스트레스와 각종 노폐물을 싸악 밀어내고, 자연의 맑은 물로 세포를 충전해 보자. 약간의 알코올은 덤이다.

+ 크롬바커 필스를 마시면 그런 기분이 든다. 흔한 것 같은데 잘생기고, 묵직한데 유쾌하고, 담백하면서도 지적인 그런 남자를 마주한 것 같은 기분. 매사에 기본에 충실하고 천성이 근면하고 성실한, 바른생활 사나이를 만난 것 같은 기분. 딱 그런 맛이다.

※ 이 밖에도 마트에서는 레벤브로이 오리지날(Löwenbräu Original), 튀링어 프리미엄(Thüringer Premium) 등 맛있고 저렴한 독일 라거들을 많이 만나 볼 수 있다.

SINCE 1803
Krombacher Pils
330ml. alc. 4.8% vol.
Krombacher privatbrauerei kreuztal
PILSENER GERMANY
Krombacher Pils
BEER · BIÈRE · BIRRA · CERVEZA
LA MARQUE NO.1 DE BIERE DE LUXE EN ALLEMAGNE
Brewed according to the German Purity Law of 1516
Krombacher
Pils
NO.1 PREMIUM BEER BRAND IN GERMANY
11.2 fl. oz. / 330ml · 4.8% alc./vol.

Stella Artois

(스텔라 아르투아 / 벨기에 / 5.0%)

+ '스텔라 아르투아'는 원래 크리스마스 시즌용으로 한정 개발된 스페셜 홀리데이 맥주였지만 반응이 너무 좋아서 사계절 내내 판매하는 맥주가 되었다. 투명한 황금빛의 크리스마스 맥주라 스텔라('별'이라는 뜻의 라틴어)라는 이름이 붙었다.
스텔라 아르투아는 크리스마스 시즌용으로 제작된 맥주인 만큼 마치 고급 샴페인이 아닐까 싶을 정도로 아름답고 세련된 외관이 눈부시다. 집에서 혼자 뒹굴며 마시기엔 최고다. 병나발의 경박함을 병의 우아함으로 승화시켜 보자. 게다가 가격은 또 얼마나 저렴한지! 내 후진 방구석에서 일 년 내내 크리스마스 기분을 느낄 수 있다.

+ 스텔라 아르투아는 마치 파인애플을 잘라서 들고 온 것 같은 기분이 드는 맥주다. 달콤하고 향긋한데 부드럽고 상쾌하다. 하얀 눈이 펑펑 내리는 크리스마스 날, 굴뚝에서 떨어진 산타할아버지와 함께 두런두런 담소를 나누는 듯 평화롭고 기분 좋은 맛이 난다. 가볍게 들고 마시기 좋다.

※ 칸 영화제의 공식 맥주이기도 하다.
※ 스텔라 아르투아의 전용 잔은 유난히 아름답고 성스러워서 '성배 聖杯' 라고 불린다. 하지만 우리는 집에 성배가 없으니까, 기분 내고 싶을 땐 와인 잔에 따라 마시자.

Imported
BELGIUM'S ORIGINAL
ANNO 1366
STELLA
ARTOIS
Premimum Lager Beer
LEUVEN
33cl e 5.0% alc./vol.
Pale
Lager
BELGIUM
330ml
alc. 5.0% vol.
InBev
Belgium

멋진 미남이 내 남자가 아닐 때

TV 속에 가득한 미남들이 왜 현실에는 없는 걸까.
저 많은 미남들은 다 어디에 숨어 있는 걸까.
내 주변에 오징어밖에 없는 이유는 나도 오징어여서일까?

'아니야! 내가 오징어라니… 그럴 리 없어!'

강하게 부정해 보지만 현실은 동해 바다 오징어 풍년.

나보다 외모도 성격도 떨어지는 것 같은 친구가
엄청난 미남을 남친이라 소개하며 자랑할 때.
좌절이 '똥꼬'를 찌르는데 겉으로는 웃으며 좋은 친구 역할을 해야 할 때.
술은 땡기고 뭐라 표현할 방법은 없고 기분은 별로일 때.
그럴 때 그런 언니들을 위한 맥주 소개.

언니 힘내!
우리 다음 생을 기약하며
마시고 죽자!

Birra Moretti

(비라 모레티 / 이탈리아 / 4.6%)

+ 현실에서 나의 판타지를 충족시켜 주는 미남을 만나기 어렵다면 맥주로 미남을 만나 보자. 여기 잘생기고 젠틀한 이탈리아 남자가 있어서 소개하고자 한다.
'모레티 맥주회사'를 설립한 '모레티 사장'의 조카는 어느 날 펍에서 아주 즐겁게 맥주를 마시고 있는 멋진 남자를 발견했다. 그 남자는 첫눈에 사람을 끌어당기는 매력과 모레티 맥주가 추구하는 전통적이면서도 세련된 이미지를 가지고 있었다. 흥분한 조카는 남자에게 다가가 당신의 사진을 찍어도 되겠냐고 물었고, 그는 흔쾌히 수락했다. 조카가 대가를 지불하겠다고 하자 남자는 사람 좋은 미소를 지으며 모레티 맥주를 한 잔 더 달라고 했을 뿐이었다. 모레티 맥주의 멋진 라벨은 이렇게 탄생했다.

+ 잘생긴 이탈리아 남자가 새겨진 라벨만큼이나 맥주도 얼마나 잘생겼는지 모른다. 이탈리아에 여행 갔을 때 라벨이 예뻐서 사 마셨던 비라 모레티. 근데 우와! 고소해! 맛있어! 입에 쩍쩍 붙어! 생각보다 너무 괜찮아서 이탈리아에 머물렀던 일주일 동안 정말 하루도 빼놓지 않고 비라 모레티를 마셨었다.
멋진 이탈리아 남자가 내게 농을 던지고 있는 듯한 맛. 세상 모든 여자들은 예쁘고 가치 있다고 말하는 이탈리아 남자의 뜨거운 눈빛 같은 맛이 혀 위에 쏟아진다.

BIRRA
MORETTI
The Beer in Italy
IMPORTED
BIRRA MORETTI — THE BEER IN ITALY — FULL BODIED LAGER BEER
QUALITÀ E TRADIZIONE
BIRRA ITALIANA
BIRRA
MORETTI
THE BEER IN ITALY
DAL 1859
PREMIUM LAGER
ORIGINAL QUALITY IMPORTED BEER
alc.4.6%.VOL.
HEINEKEN
ITALIA.
Pale Lager.
ITALY.
330ml.

Newcastle Brown Ale
(뉴캐슬 브라운 에일 / 영국 / 4.7%)

+ "나 개 산책시키고 올게."

수많은 남자들이 이 한마디를 남겨 놓고는 개를 끌고 모두 펍으로 향했다. 펍에는 단단한 근육질의 남자들과 난데없는 동네 개들이 바글거렸다. 영국 북동쪽에 위치한 공업도시 뉴캐슬에서 일어난 일이었다. 뉴캐슬에서는 맥주를 '개'라고 부르는 습관이 있었는데 이것이 맥주를 마시고 싶을 때마다 '개 산책시키고 오겠다'는 핑계로 발전한 것이다.

석탄과 제철 산업으로 유명한 뉴캐슬에서 고된 노동에 지친 건장한 남자들이 하루 일과를 마치고 모여 앉아 마시던 술. 그들이 '개'라고 부르며 즐겨 찾던 술. 그것은 바로 '뉴캐슬 브라운 에일'이었다.

상남자들의 거친 기운을 느껴 보고 싶다면 이 맥주를 마셔 보자. 간접적으로나마 구릿빛 오빠들의 양기 충만한 에너지를 흡수해 볼 수 있다.

+ 거친 남자들의 맥주라고 맛도 거칠 것이라 생각하면 오산이다. '달고나'를 재어서 술로 만든 것처럼 달콤하고 고소하면서 가볍고 부드러운 맛이 술술 넘어간다. 쓴맛을 싫어하는 언니들도 쉽게 마실 수 있는 맥주이다.

※ 할리우드의 대표적인 마초, 남자 중의 남자, '클린트 이스트우드'가 가장 좋아하는 맥주라고 해서 화제가 되기도 했다.

※ '브라운 에일'은 달콤하고 부드러운 맛이 특징이다. 이 맥주가 마음에 들었다면 다른 브라운 에일도 찾아서 마셔 보자.

NEWCASTLE BROWN ALE

FACT: 5 Nickname

355ml
alc. 4.7% Vol.
Tadcaster Brewery
ENGLAND
Brown Ale

I'm gannin' to see a man about a dog
I'm taking the dog for a walk

'DOG'

Kozel Dark

(코젤 다크 / 체코 / 3.8%)

+ 멋진 미남이 곁에 없다면 멋진 염소는 어떠신지? 여기 언니들의 마음을 훔칠 잘생긴 숫염소 한 마리가 있어 소개하고자 한다.
두 발로 우뚝 서서 늠름하게 맥주잔을 들고, 시크한 표정과 야릇한 눈빛으로 언니들을 유혹하고 있는 숫염소 맥주 '코젤'. 강인해 보이는 숫염소를 전면에 내세웠지만 달콤하고 부드러운 맛에 알코올 도수도 낮아서 '여자들의 맥주'라는 애칭을 가지고 있다. 체코에서는 남자가 코젤을 주문하면 이상하게 쳐다보기도 한다.

+ 코젤을 마시면 그런 기분이 든다. 중저음의 목소리를 가진 잘생기고 매너 좋은 숫염소와 소곤소곤 대화를 나누는 기분. 사랑의 작대기 하면서 염소와 눈빛 교환하는 기분. 염소랑 캐러멜 나눠 먹는 기분. 수컷이라면 사람이고 동물이고 가릴 처지가 아닌 언니들에게 추천해 주고 싶다.

※ 코젤은 체코어로 '숫염소'라는 뜻이다. 코젤 양조장에 가면 살아 있는 마스코트 염소를 만날 수 있으니 염소 마니아 언니들은 참고하기 바란다.

VELKOPOPOVICKY
Kozel
DARK
VELKOPOPOVICKY
Kozel
1874
DARK
500ml
alc.3.8%vol
pivovar velke popovice
(sab miller)
czech republic
dunkel larger

TAP 5 Schneider Meine Hopfenweisse Tap5

(슈나이더 마이네 호펜바이세 탭 5 / 독일 / 8.2%)

+ 누군가 이 맥주를 마시며 말했다. 동네 짱과 짱이 맞붙어서 싸웠는데 치열한 싸움 끝에 승자도 패자도 없이 둘 사이에 뜨거운 우정만 꽃피는 느낌이라고. 나는 이 맥주를 마시며 생각했다. 원빈과 현빈이 한꺼번에 나에게 들이대는 느낌이라고. 동시에 두 남자에게 양다리 걸치는 느낌이라고.

'슈나이더 탭 5'는 미국식 IPA와 독일식 밀맥주가 만나 한 뚜껑 덮고 자는 사이가 된 본격 1+1 맥주로 두 스타일의 장점이 절묘하게 조화를 이룬 아주 매력적인 맥주이다. 외로움에 치가 떨리는 날, 친구의 남친을 보고 부러움에 질투가 폭발한 날, 남친도 없는데 결혼은 언제 할거냐는 잔소리나 듣고 앉아 서러운 날. 슈나이더 탭 5를 마시며 식도를 통해 위로를 받아 보자. 잘생겼는데 성격까지 좋은 남자가 어깨를 감싸 주는 기분이 든다.

+ 슈나이더 탭 5는 정말 재미있는 맥주다. IPA 특유의 향긋함과 쌉쌀함이 느껴지면서 동시에 밀맥주 특유의 부드러움과 달콤함이 치고 올라온다. 사람으로 치면 지, 덕, 체를 골고루 갖췄다고나 할까. 남자로 치면 얼굴, 키, 성격, 능력, 유머 감각 어느 것 하나 빠지는 것이 없다고나 할까. 맥주에도 완벽한 미남이 있다고 한다면 바로 이 슈나이더 탭 5일 것이다. 지금 언니에게 딱 어울리는 맥주다.

※ 슈나이더는 탭 번호에 따라 스타일이 모두 제각기 다르다. 한 지붕 아래 저마다 성격이 다른 형제들이 사는 것 같달까. 번호별로 마셔 보고 맘에 드는 녀석을 골라 보자. 나는 역시 탭 5다.

TAP 5
SCHNEIDER WEISSE
Meine Hopfenweisse
BROOKLYN IPA +
SCHNEIDER WEISSE
= HOPFENWEISSE
Weissbierbrauerei
G. Schneider & Sohn.
Weizen Bock.
alc. 8.2% vol.
GERMANY.
500 ml.

오늘따라 유난히 못생겨 보일 때

평소에도 못생겼지만
유난히 더 못생겨 보일 때가 있다.

나만 빼고 다른 여자들은 다 예뻐 보일 때,
세상 사람들 전부 성형한 것 같을 때!
그런 날은 정말 외출하기 싫다.
못생김을 감추는 가장 좋은 방법은 웃는 것이다.
웃으면 최소한 성격은 좋아 보인다.
하지만 웃어도 안 될 땐 맥주를 마셔 보자.

맥주에 들어 있는 효모 성분은 피부를 부드럽게 하고,
머리카락을 윤기 있게 만들어 준다.
얼굴이 안 되면 피부와 머리카락으로 승부를 보자.

이럴 때 마실 만한 맥주로는 역시
효모가 살아 있는 밀맥주가 최고다.

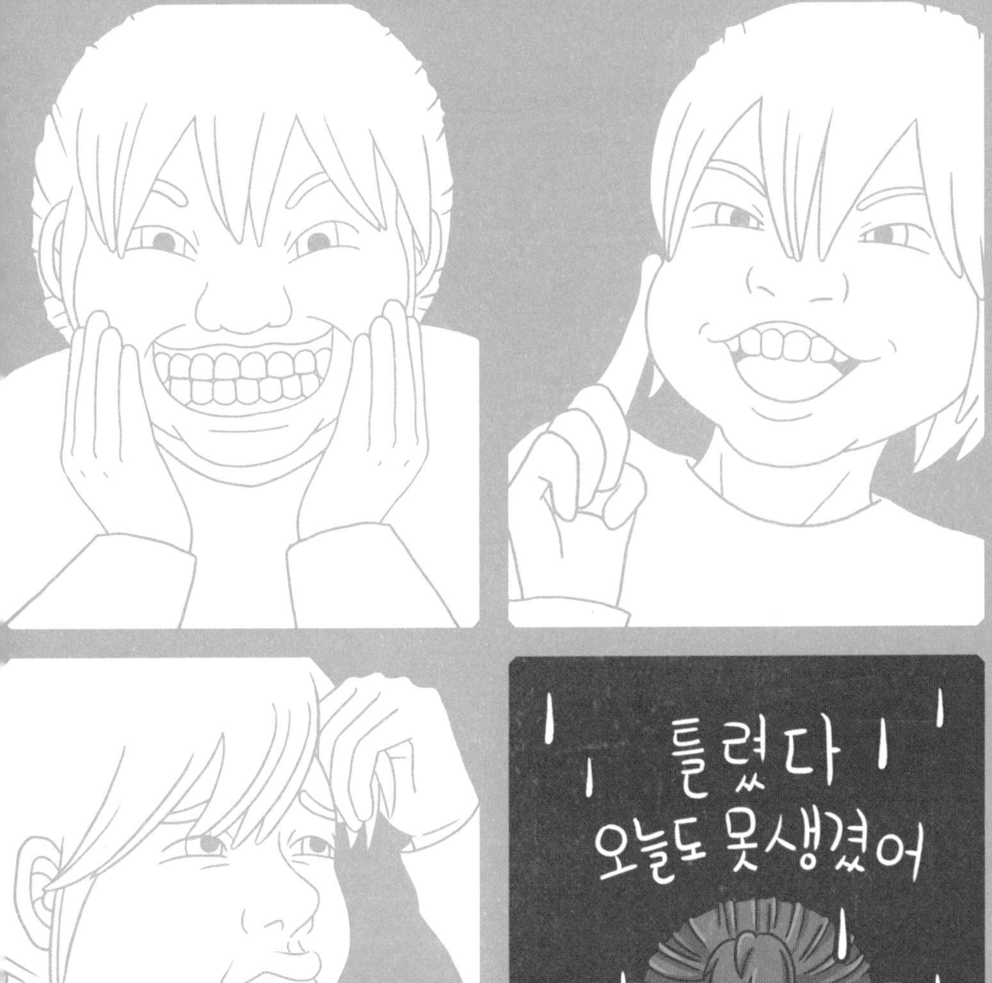
틀렸다
오늘도 못생겼어

Weihenstephaner Hefe Weissbier

(바이엔슈테판 헤페 바이스비어 / 독일 / 5.4%)

+ 맥주라고는 평생 황금빛의 쌉싸름한 라거만 마셔 본 사람들에게 뽀얗고 보드라우며 진득하고 달짝지근한 밀맥주의 존재는 낯설 수 있다.
하지만 한 번 그 매력에 빠지면 당최 헤어 나올 수 없는 마력을 가진 맥주가 또한 밀맥주이다. 보통 보리로만 만들고, 가끔 쌀이나 옥수수가 섞이는 라거에 비해 밀맥주에는 밀이 섞였다는 특징이 있다. 간혹 밀맥주가 밀로만 만든 맥주라고 우기는 사람들이 있는데 절대 아니다. 밀맥주는 보리와 밀이 50:50의 비율로, 혹은 밀의 비율이 좀 더 높게 함유되어 함께 발효된 맥주이다.
밀맥주에 대해 얘기하려면 바이엔슈테판을 절대 빼놓을 수 없다. '바이엔슈테판 헤페 바이스비어'는 세계 최정상의 퀄리티를 자랑하며 현존하는 최고의 밀맥주로 명성이 자자하다. 더불어 각종 주류 갤러리를 평정하고 까다롭기로 소문난 맥주 평가 사이트에서도 최고점을 경신한 전설의 맥주로 이름을 높이기도 했다.
공식적으로 1040년부터 시작되어 천 년에 가까운 역사를 가진 맥주로도 유명하며, 세계에서 가장 오래된 양조장이라는 타이틀로 기네스북에 올라 있기도 하다.
참고로 어디 가서 바이엔슈테판을 좋아한다고 하면 맥주 맛 좀 아는 사람으로 대접받을 수 있으니 요긴하게 써먹길 바란다.

+ 비처럼 쏟아지는 바닐라 향기. 사방에 가득 찬 짙은 꽃내음. 함박눈이 쌓인 듯 풍성하고 밀도 높은 거품. 맑은 날 꽃밭에 앉아 사랑하는 이와 평화로운 오후를 즐기며 담소를 나누는 듯 달콤하고 부드러운 맛이 잔잔하게 입안을 감싸 안는다. 혀끝에 여운처럼 서려 있는 긴 향긋함이 맛봉오리에 각인된다. 천 년의 역사가 다가와 인사를 건넨다.

SEIT 1040
Weihestephaner
HEFE
WEISSBIER
SEIT 1040
ÄLTESTE BRAUEREI DER WELT
BAYERN
Weihenstephaner
HEFE
WEISSBIER
BRAUEREIABFÜLLUNG
PREMIUM BAVARICUM
THE WORLD'S OLDEST BREWERY SINCE 1040
330ml
alc. 5.4% Vol.
Bayerische Staatsbrauerei Weihenstephan
GERMANY
German Hefeweizen

Paulaner Hefe-Weissbier

(파울라너 헤페 바이스비어 / 독일 / 5.5%)

+ 우리나라에서 유독 인기가 좋은 '파울라너 헤페 바이스비어'는 마트의 세계 맥주 할인 코너에 등장하기만 하면 순식간에 품절되어 사라지는 맥주계의 품절왕이다. 최근에는 라거 맥주들을 모두 제치고 에일 맥주 최초로 판매 순위 1위에 등극하는 엄청난 기록을 세우기도 했다(2015년 상반기 홈플러스 기준). 얼마나 대단한 맥주길래 이렇게 난리가 난 건지 궁금한 언니들이라면 지금 당장 파울라너를 마셔 보도록 하자.

+ 파울라너 헤페 바이스는 일단, 맛있다. 잔에 따르면 코끝을 가득 채우는 풍부하고 상쾌한 향에 우선 놀라게 된다. 한없이 깊고 짙은 과일 향이 수확철의 과수원을 거니는 듯 기분 좋게 후각을 자극한다.
이윽고 안개처럼 자욱한 향을 지나 구름처럼 부드럽고 조밀한 거품을 넘어 복숭아의 속살처럼 뽀얀 파울라너가 파도처럼 넘실거리며 입안에 들어서는 순간, 아~ 왜 이 맥주가 수백 년 동안 독일인들의 사랑을 받으며 오늘날 우리나라 대형마트에서 품절왕에 등극하게 되었는지를 알게 된다. 언제 누구와 마셔도 좋은 맥주.

※ 파울라너 헤페 바이스비어의 라벨에 그려진 알록달록한 그림은 파울라너가 실제 독일 뮌헨에서 운영하고 있는 '비어 가든'의 모습이다.
※ 최근에 김정은 북한 국방위원회 위원장이 파울라너 측에 북한에 비어 가든을 만들어 달라고 요청했다가 거절당해서 화제가 되기도 했다.

PAULANER MUNCHEN
Weissbier · Wheat
Seit 1634
PAULANER
Hefe-Weißbier
NATURTRÜB
500ml
alc. 5.5% Vol.
Paulaner Brauerei
MUNICH, GERMANY
German Hefeweizen
PAULANER
Hefe-Weißbier

Erdinger Weissbier

(에딩거 바이스비어 / 독일 / 5.3%)

+ 개인적으로 제일 처음 먹어 본 밀맥주가 바로 '에딩거'였다. '밀맥주'라는 단어조차 모르던 때, '바이스비어'라는 글자를 읽을 줄도 모르던 때. 정말 아무 생각 없이 에딩거를 카트에 담았고, 생전 처음 마셔 보는 뿌연 맛이 익숙치 않아 반도 못 먹고 남겼었다.

'이거 뭐야? 이 맥주 왜 이래? 원래 이런 건가?'
'이거 아까워서 어떡하지? 그냥 버려야 하나?'

고민하던 중 맥주가 피부에 좋다는 내용을 인터넷에서 봤고, 그날 저녁 나는 남은 에딩거를 정성스럽게 얼굴에 처발랐다. 얼굴이 촉촉해진 느낌이 들었다.
그리고 다음 날. 어랏? 화장이 엄청 잘 먹었다. 그날따라 광대에 자신감이 넘쳤고 평소보다 덜 못생겨 보였다. 기분이 묘했다. 이젠 밀맥주의 성격을 알기 때문에 거부감 없이 잘 마시지만, 여전히 나는 밀맥주를 마실 때면 밑에 부분을 약간 남겨서 피부에 양보하곤 한다.

+ 에딩거 바이스비어는 오랫동안 우려낸 사골국처럼 덤덤하고 담백하면서도 깊은 맛이 난다. 마치 보수적이면서도 심성이 곧아 평생을 그저 꼿꼿하고 고집스럽게 사셨던 우리 아버지 같은 맥주.

※ 에딩거 양조장은 세계에서 가장 큰 밀맥주 양조장이다.

MIT FEINER HEFE
Weißbier
Weißbier
Getreu dem bayerischen Reinheitsgebot von 1516
ERDINGER
WEISSBRÄU
AUS BAYERN
ERDINGER
Weißbier
PRIVATBRAUEREI SEIT 1886
500ml. alc. 5.3% Vol. ERDINGER WEISSBRÄU. German Hefeweizen
GERMANY

밀맥주 상식

라벨에 Weizen(바이젠), Weissbier(바이스비어)라는 글씨가 쓰여 있으면 독일식 밀맥주이다. 앞에 Hefe(헤페)라는 글씨가 있는 경우 병 안에 효모가 살아 있다는 뜻이다. 밀맥주는 브랜드마다 종류가 다양한데 보통 회사마다 주력으로 내세우는 Hefe Weissbier 외에도 투명한 밀맥주라는 뜻의 Kristal Weissbier, 검은 밀맥주인 Weissbier Dunkel 등이 있으니 마셔 보고 본인의 취향에 맞는 것을 찾아보기 바란다.

보통의 맥주들은 발효가 끝나면 효모가 제거된 후 시중에 나오는데 밀맥주는 효모가 계속 살아 있기 때문에 맥주의 보관과 따르는 방법, 유통기간이 더더욱 중요하다.

1. 밀맥주는 반드시 세워서 보관해야 한다. 눕혀서 보관하면 효모가 불안정해서 따를 때 거품만 잔뜩 나올 수 있기 때문이다.
2. 효모가 활동 중이라 변질 가능성이 높기 때문에 유통기간을 꼭 따져 봐야 하며, 어두운 곳에서 일정한 온도에 보관하는 것이 좋다.
3. 밀맥주는 밀맥주 전용 잔에 정해진 방법으로 한 병을 모두 따라서 마셔야 한다. 그래야만 밀맥주의 맛과 향을 제대로 느낄 수 있다. 어디 가서 밀맥주로 병나발 불다가는 맥주 초짜라는 소리를 듣기 십상이다. 귀차니스트에 '병나발러'인 나도 밀맥주만큼은 전용 잔을 갖춰 놓고 제대로 된 방법으로 마신다. 마트나 생활용품 파는 곳의 맥주잔 코너에 가서 '바이젠 전용 잔'이라는 이름을 찾으면 쉽게 구할 수 있다.
4. 밀맥주를 가장 맛있게 마실 수 있는 온도는 8~12℃이다. 냉장고에서 꺼내서 최소한 15분은 지나야 가장 맛있는 온도에 도달하기 때문에 잔에 따르자마자 원샷은 금물이다. 천천히 한 모금 한 모금 마시다 보면 어느 순간 맛과 향이 풍부하게 무르익은 것을 느낄 수 있다.

◆ 3steps for wheat beer ◆

STEP 1
잔을 45˚로 기울여
맥주의 80%를 천천히 따른다.
STEP 2
병을 가볍게 흔들어
바닥에 가라앉은 효모를
맥주와 잘 섞는다.
STEP 3
마지막 한 방울까지
남김없이 따라서 마신다.
ERDINGER

비 오는 날,
꿀꿀할 때

비는 주륵주륵 내리고, 마음은 괜스레 우울하고,
기분은 하염없이 꿀꿀한 날.
쓰나미처럼 밀려오는 고독을 질겅질겅 되새김질하며
역시 인간은 혼자라는 진리를 다시금 뼛속 깊이 새겨보게 되는 날.
나 혼자 세상과 동떨어져 있는 것처럼 느껴지는 날.
이런 날 혼자 마시면 좋을 맥주들을 소개해 본다.

그리고 언니, 너무 좌절하지 마라.
언니만 우울한 것 아니다.
살면서 가끔씩 깊은 우울에 빠지거나
사는 것이 죽고 싶을 만큼
권태로워지는 것은 아주 정상적인 감정이다.
그럼에도 불구하고 모두 안 그런 척 버티며 산다.
매일매일이 미칠 듯이 즐겁고 행복한 사람은
세상에 단 한 명도 없다.
SNS에 올라오는 지인들의 거짓된 행복에 속지 말고 우리는 맥주를 마시자.
이 세상에서 가장 진실된 것은 진리, 언니의 마음, 그리고 맥주밖에 없다.

힘내라, 언니들!

Leffe Brune

(레페 브라운 / 벨기에 / 6.5%)

+ 원래 레페 맥주는 레페 수도원에서 만들어 수도사들과 지역 교인들이 나눠 마시던 맥주였다. 레페는 그 뛰어난 맛 때문에 교인들 속에서 인기가 아주 좋았다. 얼마나 맛있었던지 사람들이 이 맥주를 마시기 위해 일요일마다 바득바득 수도원을 찾을 정도였다고 한다. 하지만 시간이 흘러 세상은 바뀌었고 수도원의 영광은 빛이 바랬다. 그리고 더 이상 레페 수도원에서는 맥주를 만들지 않게 되었다.
현재의 레페 맥주는 전문 양조장에서 수도원에 로열티를 지불하고 레시피를 제공받아 만든 것이다. 이렇게 수도원의 이름과 레시피를 빌려 기업에서 양조하는 맥주를 '애비 맥주'라고 한다. 그리고 대기업의 촘촘한 유통망 속에서 레페는 가장 유명하고 가장 대중적인 애비 맥주로 거듭났다.

+ 우울한 날엔 역시 단것을 먹어 줘야지. 거기에 알코올 기운까지 있다면 금상첨화다. 그런 의미에서 레페 브라운은 최고의 선택이다. 입구를 감싸고 있는 고동색 호일을 거칠게 벗겨 내고! 뚜껑을 확 따 버리고! 안에 들어 있는 시커먼 액체를 식도로 쏟아부으면! 크아~ 달짝지근하고 부드러우면서 묵직한 맛이 마음속 시커먼 우울함을 더 시커멓게 감싸 주는 것 같다. 본격 '이이제이以夷制夷' 맥주. 오랑캐는 오랑캐로 무찔러야 한다는 선지식들의 말씀대로 시커먼 우울은 더 시커먼 맥주로 물리쳐 보자.
달콤한 캐러멜을 마시는 듯한 기분이 든다.

InBev
ANNO
1240
330ml
alc. 6.5% vol.
Belgium
Brune
Belgisch
Bier
Abbey
Dubbel
ANNO 1240
Biere
Belge
Belgisch
Bier
Abbaye de Abdij van
Leffe®
Brune · Bruin
Puissante et savoureuse · Krachtig en vol van smaak
℮ 330ml
BEGISCH
BIER
Leffe®

Dogfish head Indian Brown Ale

(도그피쉬 헤드 IBA / 미국 / 7.2%)

+ '도그피쉬 헤드'… 우리말로 직역하면 '돔발상어 대가리'라는 기묘한 이름을 가진 이 양조장은 만들어진 지 이제 20여 년밖에 되지 않은 맥주 양조업계의 신생아다. 하지만 틀이 정해지지 않은 독창적인 레시피와 훌륭한 맛으로 세계 맥주 애호가들의 호평을 받으며 순식간에 크래프트 맥주계의 샛별으로 떠올랐다.

+ 비가 추적추적 내리던 어느 날, 집에서 혼자 멍하니 빗소리를 듣다가 유난히 마음이 차분해져서 이 맥주를 땄다. 생크림처럼 소복하게 쌓인 부드럽고 풍부한 거품, 에스프레소를 마시는 듯 깊고 진한 맛. 조잘조잘 가벼운 탄산도 없고, 꽃처럼 피어오르는 화사한 향기도 없었지만 그 자체만으로도 묵직한 존재감이 느껴졌다.

'아, 맛있다….'
기분이 좋아졌다.

※ 돔발상어는 상어치고는 작은 140cm 정도의 몸집을 가졌는데 회로 먹어도 맛있다고 한다.
※ 보통 맥주 이름에 'Indian'이라는 단어가 붙으면 홉이 강조된 맥주라는 뜻이다. 다른 맥주들에 비해 조금 더 쓴맛이 있겠거니~ 생각하면 된다.

DOGFISH
DOGFISH HEAD BREWERY.
INDIAN BROWN ALE.
alc. 7.2%. vol. 355ml.
USA.
Dogfish Head
Indian Brown Ale
A clean, well hopped
brown ale brewed with
caramelized sugar and
hopped liberally and often.
12fl.oz.
7.2% alc. by vol.

Meantime Chocolate Porter

(민타임 초콜릿 포터 / 영국 / 6.5%)

+ 미치겠다. 언니들, 이 맥주 꼭 마셔 봐. 정말 맛있다. 기분 울적한 날, 꿀꿀한 날, 초콜릿 먹고 세로토닌 충전하는 언니들이라면 이제 '민타임 초콜릿 포터'를 마셔 보자.
밤을 새며 퀭한 얼굴로 작업을 하던 어느 날. 몸은 피곤하고, 기분은 가라앉고, 잠은 쏟아지던 어느 새벽에 맥주가 땡겨서 냉장고를 열었다. 그날따라 초콜릿 포터가 먹고 싶었다.
하지만 없었다! 일 년 내내 맥주가 끊이지 않는 내 냉장고지만 그날따라 초콜릿 포터만 없었다! 아, 정말 어찌나 아쉽던지…. 어쩔 수 없이 따뜻한 물에 코코아를 타서 먹었지만 이게 아니었다. 무언가 부족했다. 머릿속에는 초콜릿 포터 생각이 가득했다.
다음 날 마트에 가서 민타임 초콜릿 포터를 몇 개 사서 냉장고에 넣었다. 왠지 기분이 뿌듯했다. 그리고 그날 밤 작업하며 의기양양하게 한 병을 꺼냈다. 마침 비도 내리고 있었다. 차가운 빗소리, 눅눅한 비 냄새, 그리고 초콜릿 포터.
기분 최고였다.

+ 분명 초콜릿 맛이 나긴 나는데 그렇게 달지는 않다. 깔끔하고 세련된 초콜릿 술 같은 느낌. 맥주에 코코아 가루를 탄 기분. 알코올이 섞인 초코 우유를 마시는 듯한 착각.
무더운 여름날이나 밝은 대낮보다 서늘하고 어둡고 눅눅한 날 잘 어울리는 맥주다. 밤샐 때 마시기에 딱 좋다. 비 오는 새벽에 마시면 더 좋다. 개인적으로 아주 애정하는 맥주이다. 예쁜 병 모양은 보너스!

MEANTIME
MEANTIME
LONDON
MEANTIME
CHOCOLATE PORTER
CHOCOLATE PORTER
330ml. MEANTIME BREWERY (SAB Miller). BALTIC PORTER · ENGLAND · ALC · 6.5% vol.

요즘따라 되는 일이 없을 때

가끔 정말 그런 때가 있다.
안 좋은 일들만 연속으로 터지고 재수도 더럽게 없을 때,
세상 사람들이 모두 짜고 한꺼번에 나를 괴롭히는 것 같을 때,
어떻게 이럴 수 있나 싶을 정도로 강한 악운이 나를 덮칠 때가 있다.
그건 언니가 똥 밟아서 그런 거다.
멀쩡한 대로를 걷다가 무심결에 똥을 밟을 때가 있다.
그럴 때는 조용히 가던 길을 계속 걸으며
신발의 똥 냄새가 빠지기만을 기다려야 한다.
좌절해서 걷지 않고 가만히 서 있으면 똥 냄새에 잠식당할 뿐이다.
언니들, 누구나 가끔 똥을 밟는다.
똥 냄새가 빠지는 데 며칠이 걸리냐, 몇 달이 걸리냐,
몇 년이 걸리냐의 차이가 있을 뿐이다.
짜증 나 죽을 것 같지만 버티고 걷는 수밖에 없다.
걷다 보면 똥은 떨어져 나가고, 냄새는 사라진다.

참고로 언니들! 똥은 신발 밑에 있다.
정 안 되겠으면 신발을 벗어 버리는 것도 방법이다.

버티다가 죽을 것 같을 땐 다 버리고 도망쳐라.
도망치는 것도 지혜다.

Grimbergen Blanche

(그림버겐 블랑쉬 / 프랑스 / 6.0%)

+ 좌절과 어려움을 딛고 다시 일어서고 싶은 언니들에게 이 맥주만큼 좋은 맥주가 또 있을까. 밟아도 밟아도 다시 일어서는 잡초 같은 언니들에게 불사조 맥주인 '그림버겐'을 소개한다.

그림버겐 맥주는 원래 벨기에의 그림버겐 수도원에서 수도사들이 만들어 마시던 맥주였다. 1128년에 처음 세워진 그림버겐 수도원은 오랜 세월 동안 화재와 재난, 전쟁 등으로 수없이 불에 타서 툭하면 잿더미가 되곤 했다. 하지만 그때마다 사람들은 힘을 내어 수도원을 짓고, 또다시 짓는 일을 반복했다. 그리고 수백 년이 지난 지금, 그림버겐 수도원은 바로크 양식을 대표하는 가장 아름다운 수도원 중 하나로 남아, 사람들의 사랑을 받으며 여전히 그 자리에 우뚝 서 있다.

아무리 불에 타도 포기하지 않고 계속해서 다시 일어섰던 그림버겐 수도원의 정신을 구현한 이미지가 바로 불사조다. 그리고 이 불사조는 그림버겐 수도원의 상징이자 그림버겐 맥주의 상징이 되었다.

+ 그림버겐 블랑쉬는 계속되는 악운에 기운이 쭉 빠진 언니들의 기분을 조금이나마 토닥여 줄 수 있는 가볍고 상쾌하며 향긋한 맥주이다. 불 속에서 날아올라 순식간에 하늘로 사라지는 불사조처럼 입안을 훅 치고 들어왔다가 가볍게 사라진다.

GRIMBERGEN

BRASSERIES KRONENBOURG
(Carlsberg) FRANCE
alc.6.0% Vol. 330ml
WITBIER

Victoria Bitter(VB)

(빅토리아 비터 / 호주 / 4.9%)

+ 쓴맛과 단맛은 때로 같이 느껴진다고 한다. 같은 것을 먹어도 누군가는 쓰게 느끼지만 누군가는 달게 느끼는 것이다. 나 같은 경우엔 빅토리아 비터가 그랬다. 이 맥주를 함께 마신 친구가 이거 너무 쓰다며 인상을 찌푸릴 때, 나는 이 맥주가 그리도 달게 느껴져서 의아했다. '빅토리아 비터'가 아니라 '빅토리아 스윗'으로 이름을 바꿔야 하는 게 아니냐며 갸우뚱했었다.
하지만 뒤늦게 알게 된 사실은 친구도 나도 틀리지 않았다는 것이다. 쓴맛 뒤에는 단맛이 숨어 있다고 한다. 사람마다 쓴맛을 더 강하게 느끼느냐, 단맛을 더 강하게 느끼느냐의 차이가 있을 뿐이다.
사는 것도 이와 같지 않을까. 씁쓸한 좌절 뒤에는 달콤한 보상이 숨어 있을지도 모른다. 어떤 것을 더 크게 느끼느냐는 오로지 언니에게 달려 있다. 다만 그 달콤한 보상을 만나게 되었을 때 언니가 모른 채 지나가지 않기를 바랄 뿐이다.

+ 오늘이 힘든 언니들이라면 빅토리아 비터를 마시며 쓴맛 뒤의 달콤함을 찾아보자. 강한 씁쓸함 뒤에 숨겨진 달콤한 캐러멜을 만나면 무거웠던 어깨도 한결 가벼워질 것이다.

※ 빅토리아 비터는 호주에 이민 간 영국인들이 영국식 비터 에일의 그리움을 담아 호주 환경에 맞추어 만든 맥주이다. 병째 들고 차갑게 마셔야 제맛을 느낄 수 있다.

VICTORIA
V
B
VICTORIA
VB
375mL
4.9%
ALC/VOL
SINCE 1854
BITTER
BITTER
375ml / alc. 4.9% Vol. / Pale Lager
Carlton & United Breweries (CUB)
AUSTRALIA

썸남에게 작업 걸 때

언니들, 그거 아는가?
남자들이 봤을 때, 맥주를 좋아하는 여자는
다른 술을 좋아하는 여자보다 더 매력적이라는 걸.
왠지 더 성격이 좋고, 더 말이 잘 통하는 사람처럼 보인다는 것이다.
그렇다. 와인보다 저렴하고, 소주보다 덜 취하고,
다양한 맛과 스타일을 골라서 먹을 수 있는 맥주는 최적의 '작업주'이다.
요즘은 분위기 좋은 펍도 많으니

1차는 거기서,
2차는 다른 펍에서,
3차는 알아서!

썸남에게 나의 치명적인 매력을 어필해 보자.

괜히 도도한 척 튕기지 말고
썸남이 하는 말에 열심히 반응하고 많이 웃어 줘라.

튕기는 건 이쁜 애들이나 하는 거다.
우리는 웃어야 한다. 많이 웃자.
그리고 술 마시고 진짜 취하면 안 된다.
'취한 척'해야 한다. 그래야 귀엽다.

이제 썸남과 진도를 나가고 싶은 언니들에게
추천하고픈 맥주 리스트를 공개한다.

SOME

Ballast Point Sculpin

(밸러스트 포인트 스컬핀 / 미국 / 7.0%)

+ 썸남에게 작업할 때 가장 추천하고 싶은 맥주는 바로 이 '스컬핀'이다. 왜냐? 이 맥주를 만든 사람들이 바로 '낚시광'이기 때문이다! 스컬핀을 마시고 내 거인 듯 내 거 아닌 내 거 같은 그 남자를 낚아서 본격적으로 나만의 가두리 양식장에 가둬 보자.

낚시광들이 만든 맥주인 스컬핀은 7도라는 적절한 알코올 도수에 적당한 씁쓸함과 약간의 달콤함, 풍부한 자몽 향에 복숭아, 망고, 레몬 등 다양한 과일 향이 인상적인 정말 맛있는 맥주이다. 한 번 마시면 계속 생각날 정도로 매력적이고 치명적인 맥주. 딱 언니 같은 맥주이니 라벨 보고 겁먹지 말고 썸남과 자신 있게 마셔 보자.

+ 얼마 전 무려 9살이나 어린 남자랑 썸 타고 있던 친구가 고민이 있다며 말을 걸었다. '이런 부럽기 짝이 없는 기지배가 어디서 자랑질이야!'라고 소리치려는 순간, 친구 녀석이 "그 애랑 정말 잘해 보고 싶은데 그 애가 맥주를 좋아하니 같이 먹을 만한 맥주를 하나 추천해 줘"라고 부탁해 왔다. 나는 흥분을 가라앉히고 조용히 스컬핀을 추천해 주었다. 그리고 며칠 뒤, 친구에게서 메시지가 왔다.

〈스컬핀. 작업. 성공적.〉

쳇.

※ 스컬핀에는 여러 가지 종류가 있으니 반드시 이름을 읽어 보고 사길 바란다.

- GRAPEFRUIT SCULPIN : 일명 자몽 스컬핀으로 불린다.
  그냥 스컬핀보다 더 달콤하다. 단맛 좋아하는 언니들에게 추천.
- HABANERO SCULPIN : 고추 스컬핀. 매운맛이 난다.
  스컬핀이 발로 퍽퍽 차는 느낌이다. 변태 성향이 있는 언니들에게 추천.

SCULPIN
ALC. 7.0% BY VOLUME
BALLAST POINT
BREWING COMPANY
SCULPIN
INDIA PALE ALE
San Diego IPA
GOVERNMENT WARNING: (1) ACCORDING TO THE SURGEON GENERAL, WOMEN SHOUD NOT DRINK ALCOHOLIC BEVERAGES DURING PREGNANCY BECAUSE OF THE RISK OF BIRTH DEFECTS. (2) CONSUMPTION OF ALCOHOLIC BEVERAGES IMPAIRS YOUR ABILITY TO DRIVE A CAR OR OPERATE MACHINERY, AND MAY CAUSE HEALTH PROBLEMS.
HANDCRAFTED & BOTTLED IN SAN DIEGO, CALIFORNIA
DEDICATED TO THE CRAFT
BALLASTPOINT.COM
12 FL. OZ. - 355ML
ALC. 7.0% BY VOLUME
CA CASH REFUND
BALLASTPOINT BREWING COMPANY. INDIA PALE ALE.
ALC. 7.0% VOL. 330ml. USA.

Edelweiss Snowfresh weissbier

(에델바이스 스노우후레시 바이스비어 / 오스트리아 / 5.0%)

+ 썸남에게 나의 상큼함을 어필하기에 가장 좋은 술은 바로 '에델바이스'다. 이 술을 오픈하는 순간, 사방에 퍼지는 은은하고도 달콤한 꽃향기는 나의 이미지를 순식간에 업시켜 줄 것이다. 오늘 머리를 못 감았어도 상관없다. 겨드랑이에서 암내가 좀 심한 것 같아도 상관없다. 에델바이스의 향기는 모든 것을 덮고도 남는다. 무엇보다도 꽃을 물고 대화를 나누는 것처럼 향긋한 입김을 썸남에게 불어 넣을 수 있기까지 하니, 정말 좋지 아니한가.
알프스 산맥이 양각으로 새겨진 병에 은빛의 심플한 라벨은 또 얼마나 예쁜지. 이름은 또 얼마나 센스 있는지. 괜스레 고급스럽고 특별한 기분이 썸을 타고 흐를 것이다.

+ 세계 맥줏집에서 친구와 수다 떨고 있는데, 갑자기 어디선가 은은한 꽃향기가 폭풍처럼 몰아닥쳤다. 처음엔 향수인 줄 알았다. 하지만 향기의 근원은 바로 옆에 앉은 커플이 오픈한 에델바이스였다. 깜짝 놀란 우리는 마시던 맥주를 원샷 하고 에델바이스를 주문했다.
한 모금에 입안에서 회오리치는 알싸한 민트향. 마치 진한 허브차를 마시고 있는 듯한 기분이 들었다. 친구는 방금 이 닦고 나온 기분이라고 했다. 그렇게 말하는 친구에게서 이루 말할 수 없는 향긋함이 느껴졌다. 그날따라 추레했던 친구가 문득 상큼해 보였다.

※ 에델바이스의 꽃말은 고귀함과 순수함이다.

HOFBRÄU
AIC. 5.0% VOI.
AUSTRIA
Edelweiss
KALTENHAUSEN
GERMAN HEFEWEIZEN
330ml
SNOWFRESH
Edelweiss
WEISSBIER
AROMATIC TASTE OF ALPINE HERBS

Hoegaarden Verboden Vrucht

(호가든 금단의 열매 / 벨기에 / 8.5%)

+ 호가든 시리즈가 우리나라 마트에 정식으로 수입되었을 때 맥주 애호가들은 환호했다. 이토록 다양한 호가든을 이렇게 저렴한 가격에 사서 마실 수 있다니! 만세!
그중에서도 특히 '호가든 금단의 열매'는 다른 맥주에서 보지 못한 화려하고 야릇한 라벨을 지니고 있어 작업주로 제격이다. 라벨의 힘을 빌려 나의 거친 섹시함을 썸남에게 어필해 보자. 이름도 금단의 열매라니, 얼마나 센스 넘치는가. 알 수 없는 도전 정신이 눈웃음을 타고 솟아오른다. 오늘은 금단의 열매를 마시고 썸남과 에덴동산에서 역사의 한 획을 긋기 바란다. 언니의 건투를 빈다.

+ 금단의 열매라고 해서 과일맛이 나는 가볍고 상큼한 맥주를 생각하면 오산이다. 그보다는 진득하고 진중함이 느껴지는 무거운 맥주다. 한 모금에 알코올이 훅 치고 들어온다. 말린 과일의 달콤함과 진한 씁쓸함, 달면서 쓴 그 맛이 마치 '사랑' 같다.

※ 아담과 이브가 맥주를 마시는 듯한 이 그림은 17세기 유럽의 저명한 화가인 루벤스의 그림 '아담과 이브'를 패러디한 것이다. 루벤스는 어릴 적 눈물샘을 자극하던 막장 동화인 〈플란다스의 개〉에서 네로가 그토록 보고 싶어 하던 그림(십자가에서 내려지는 그리스도)의 화가로 유명하다. 네로는 결국 루벤스의 그림 앞에서 파트라슈와 함께 얼어 죽었다. 그때 등장하는 그림 역시 루벤스의 '성모승천'이다.

DE VERBODEN VRUCHT
bier op gist
biere sur levure
LE FRUIT DEFENDU
LE FRUIT DEFENDU
BROUWERIJ HOEGAARDEN (InBev)
BELGIAN STRONG ALE. alc. 8.5% Vol. 330 ml.
BELGIUM.

소개팅에서
폭탄을 만났을 때

정말 아이러니하다.
엄청나게 잘생긴 남자를 바라는 것도 아니고,
엄청나게 능력 좋은 남자를 바라는 것도 아닌데
내 남자 찾기가 왜 이렇게 어려운 걸까.
그저 성격 좋은 사람, 대화가 잘 통하는 사람을 만나고 싶을 뿐인데
그게 참 어렵다.
폭탄이나 나오지 않으면 다행이건만, 남자 복도 지지리도 없지,
만나는 족족 폭탄 또 폭탄. 세 번쯤 연달아 폭탄 제거를 하다 보면
이런 남자를 나에게 소개시켜 준 친구들, 주리를 틀고 싶어진다.

본격.
폭탄 제거에 지친
언니들을 위한
맥주 소개.

Tangerine Wheat

(탄제린 위트/ 미국 / 5.5%)

+ 여기, 언니가 오늘 만난 남자 같은 맥주가 있어 소개하고자 한다. 라벨만 보아도 감이 오지 않는가! 오늘 언니 앞에 이런 남자가 앉아 있지 않았던가! 당장 자리를 뜨고 싶었지만 상대에 대한 배려로 끝까지 참아 냈던 언니들, 소개팅을 마치고 너무 어이가 없어 술이 땡기는 언니들이라면 이 맥주를 마셔 보자. 고생 많았다.

+ '탄제린 위트'. 귤 밀맥주라는 이름답게 감귤 향이 화사하다. 따르자마자 한 방에 후각을 내치리는 달콤한 향과 오렌지 가루처럼 침샘을 자극하는 새콤한 향이 퍼진다. 향만 맡았을 때 난 이 맥주가 환타 맛이 날 것이라 생각했다.
하지만 마셔 보니 아직 초록빛이 채 가시지 않은 덜 익은 귤을 따서 입에 넣었을 때 느끼는, 그 혀를 찌르는 시큼함이 가득! 이거 뭐지? 형용 못 할 독특함에 갸우뚱하고 또 마셔 보게 되는 묘한 맥주다.
덜 익은 귤처럼 시큼 떨떠름한 남자를 만나고 온 언니들에게 딱 어울리는 맥주. 언젠가 잘 익은 한라봉 같은 남자를 만나게 되기를 기대하며, 오늘은 귤 맥주를 마시자.

Tangerine
LOST COAST
BREWERY & CAFE
ALC. 5.5% VOL.
FRUIT BEER
USA
355ml
Tangerine
Tangerine Wheat Beer • 12 fl. OZ.
Beer With Natural Flavor Added

Duvel

(듀벨 / 벨기에 / 8.5%)

+ 곱게 화장하고 신경 써서 차려입고 한껏 예쁜 모습으로 나갔건만 그러한 노력에 일말의 보람도 느끼지 못한 언니들, 오랜만에 소개팅한다고 들떠 있었는데 오히려 기분만 더 울적해진 언니들, 소개팅이 끝나면 꼭 술이 땡기는 언니들, 그런 언니들을 위한 맥주를 추천한다.
여기 '악마'라 불리는 맥주가 있다. 언니 몸매와 비슷한 항아리 병에 담겨 있지만 속은 아주 매력적인 맥주이다. 겉도 속도 딱 언니 같은 맥주. 8.5도라는 적지 않은 알코올 도수에 향긋함과 부드러움과 감칠맛과 쓴맛을 고루 갖추어 맛있게 먹고 적당한 취기도 누릴 수 있는 기특한 맥주이다. 그늘 같았던 언니의 기분에 햇볕이 쏟아질 것이다.

+ 짜리몽땅한 병 속에 갇힌 영롱한 금빛의 섹시한 악마가 뚜껑을 열자 비로소 기지개를 켜며 등장한다. 은은한 꽃향기, 새콤한 과일 향기, 달콤한 바닐라 향기가 유혹하듯 피어오른다. 부드럽고 풍성하며, 뽀얀 거품이 빨리 입술을 내놓으라며 재촉하는 것 같다. 소맥을 좋아하는 언니들에게 특히 권해주고 싶다. 소맥과 비슷한 느낌이지만 소맥보다 훨씬 맛있다.

※ 듀벨은 튤립 모양의 전용 잔에 따라 마실 때 가장 맛있게 마실 수 있다고 한다. 하지만 우리는 집에 전용 잔이 없으니 와인 잔에 따라 마시자. 밀맥주를 제외한 대부분의 맥주들은 와인 잔과도 잘 어울린다.

ANNO 1871
Duvel
BELGIAN GOLDEN ALE
BIÉRE BLONDE BELGE
330ml e
8.5% alc./vol.
BOTTLE CONDITIONED
REFERMENTEE BOUTEILLE
330ml
alc. 8.5% vol.
Duvel Moortgat
BELGIUM
Belgian Strong Ale
Duvel

Carlsberg

(칼스버그 / 덴마크 / 5.0%)

+ 완벽한 남자는 없지만 완벽한 맥주는 있다. 폭탄 제거 하느라 애쓴 언니에게 훈훈한 미담을 가진 멋진 맥주를 소개해 본다. 덴마크의 대표 맥주인 '칼스버그'가 그 주인공이다.

칼스버그는 덴마크의 사회, 과학, 문화, 예술, 체육 할 것 없이 모든 분야에 공헌한 엄청난 기업이다. 코펜하겐의 인어공주 동상을 비롯하여 다양하고 가치가 높은 예술품들을 사회에 기부했다. 또한 칼스버그는 독자적으로 거액을 들여 개발한 효모를 다른 맥주회사들에게 무상으로 제공해 세계 맥주 발전에 크게 기여하기도 했다. 우리가 아무렇지도 않게 마시고 있는 맥주들에는 칼스버그의 기술과 헌신이 숨어 있다.

이뿐만이 아니다. 칼스버그는 공장의 근로자들을 위해 연금 기금을 설립하고, 주택을 지어 주었으며, 심지어 근무시간도 줄이고, 재단을 설립해 이익을 사회에 환원했다. 우리가 마시는 칼스버그 맥주의 수익금도 모두 이 재단을 통해서 사회에 환원된다.

이렇게 훈훈하고 아름다운 맥주회사가 있다니. 세상은 아직 살 만하다는 것을 느낀다. 폭탄의 충격에서 벗어나기 힘든 언니라면 칼스버그를 마시고 훈훈함으로 충격을 완화해 보자.

+ 칼스버그는 맥주 맛도 아주 훈훈하다. 뚜껑을 여는 순간부터 느껴지는 깊고 푸른 향기, 무더운 여름철 녹음이 우거진 숲 속을 거닐다가 만나는 차가운 샘물처럼 청명하고 신선한 맛이 입안에서 달음박질한다. 잘생기고 맘씨 좋은 아는 오빠 같은 맥주.

※ 칼스버그 외에도 훈훈한 기업으로 소문난 맥주회사로는 기네스가 있다.

Carlsberg
Carlsberg
COPENHAGEN
1847
IMPORTED BEER / BIÈRE IMPORTÉE
BREWED AND BOTTLED BY THE CARLSBERG BREWERIES
COPENHAGEN, DENMARK / BRASSÉÉET EMBOUTEILLÉE
330 ml. alc. 5.0% vol.
Pale Lager
UNCOMPROMISING QUALITY
EXCLUSIVE AROMATIC HOPS
BY APPOINTMET TO
THE ROYAL DANISH COURT

사는 게 씁쓸할 때

좋은 차, 좋은 집 갖고 싶다.
좋은 옷, 좋은 물건 갖고 싶다.
건물주 되어서 임대 수익이나 얻으며 평생 돈 걱정 없이 살고 싶다.
돈이 많았으면 좋겠다.

돈이 많으면 하기 싫은 일은 안 해도 되고,
여행도 마음껏 다니고, 갖고 싶은 것도 다 가지고,
하고 싶은 것도 마음껏 하면서 살 텐데….

하지만 나의 욕망은 현실에선 불가능하다.
아무리 아끼고 모으며 열심히 벌어도 내 집 하나 갖는 것이 힘든 상황.
인생 역전하려면 복권에 당첨되거나 다시 태어나는 수밖에 없다.
물론 둘 다 확률은 낮다. 욕망은 넘치는데 현실은 초라하다.
문득 사는 것이 씁쓸해진다.

오늘따라 유난히 기분이 씁쓸한 언니들을 위한 씁쓸한 맥주 추천.

BEER & TIME
BEER & TIME
OPEN
AM 9:00
CLOSE
PM 7:00
IPA
IPA
Hoegaarden
Grand Cru
x
Lagunitas
IPA
20% SALE

Hoegaarden Grand Cru

(호가든 그랑 크루 / 벨기에 / 8.5%)

+ 친구와 통화를 하며 서로의 욕망을 체크했다. 결론은, 이상은 높은데 현실은 바닥. 나이는 삼십대 후반인데 곧 다가올 사십대를 걱정한다. 사십대 중반까지 회사에 다닐 수나 있을까? 회사 그만두면 어떻게 해야 하나? 노후에는 뭘 해서 먹고 사나? 부모님은 어떡하지? 당장 욕망은 큰데 미래는 어둡고 막막하다.
문제는 돈이다. 돈만 있으면 해결될 일들이지만 정작 돈이 없다. 딱히 돈이 들어올 곳도 없다. 평생 이렇게 돈에 쩔쩔매며 살아야 하는 걸까. 마음에 안개가 낀 것 같다. 창문 없는 지하실에 갇힌 것처럼 답답하다. 탈출구 없는 미로 한가운데에 서 있는 것처럼 막막하다. 나는 결국 미로를 헤매다가 이대로 늙어 죽고 말 거야. 한숨이 나온다.
전화를 끊고 잠시 멍하니 앉아 있다가 '호가든 그랑 크루'를 마셨다. 달고 쓰고 무겁다. 철학책을 마시는 것 같은 기분이 든다. 나의 처절한 욕망에 씁쓸한 냉소가 던져지는 듯하다.

+ '호가든'이라는 이름이 적혀 있다고 평소에 마시던 비눗물 같은 부드러운 호가든을 생각하면 안 된다. 호가든 그랑 크루는 강하고 묵직하며 씁쓸한 맥주이다. 호가든에 양주 타서 마시는 기분. 헤비급 챔피언의 어퍼컷처럼 묵직한 맛이 식도를 잡아먹을 듯 덤벼온다. 욕망의 쓰나미 같은 맥주.

RIJK DEGUSTATIEBIER
Hoegaarden®
Grand Cru
BIERE NOBLE DE DEGUSTATION
BELGIAN STRONG ALE
BROWERIJ HOEGAARDEN
{ InBev } 330ml
BEGIUM
alc. 8.5%vol.

Lagunitas IPA

(라구니타스 IPA / 미국 / 6.2%)

+ 사십대를 걱정하고 있는 나에게 이십대 취업준비생 후배가 얘기했다. 결혼했겠다, 남편있겠다, 따박따박 월급 받으며 생활비 걱정 없이 살고 있으면 다 된 것 아니냐고. 뭐가 문제냐고. 나는 이력서 내는 족족 낙방이라고. 사십대는커녕 지금 당장 갈 곳이 없다고.
할 말이 없었다. 내가 잘못했다. 현실이 가장 처절한 이십대 앞에서 어느 정도 자리를 잡은 삼십대의 고민을 얘기하는 것은 잘못된 일이다. 나는 미래를 고민하는데 후배는 현재를 걱정한다. 안타까웠다. 고작 10살 차이인데 서로 사는 세상이 너무 다르다.
후배는 말을 많이 하지 않았다. 오랜만에 얼굴 봤는데 어렵고 힘든 얘기는 그만하고 재미있는 얘기나 하자고 했다. 나는 위로해 주고 싶었지만 방법을 몰랐다. 술값을 내는 것 외에 달리 무얼 해야 할지 몰랐다. 그래서 우리는 최근 본 영화 얘기, 연예인 얘기나 하며 술을 마셨다. 그렇게 여러 병 마셨는데도 둘 다 취하질 않았다.

+ 후배도 나도 IPA를 좋아해서 맥줏집에 있는 IPA들만 쏙쏙 골라서 마셨다. 그중 하나가 바로 '라구니타스 IPA'였다. 심플한 라벨의 라구니타스 IPA는 향긋함과 씁쓸함이 조화로운 맥주이다.
매번 비슷비슷한 라거에 질린 언니들이라면 IPA 맥주를 추천한다. 새로움이 몰아닥칠 것이다. 기분이 씁쓸할 때 마시면 더욱 씁쓸해지는 것이, 아이러니컬하게도 너무 좋다.

※ 앞서 소개한 '스컬핀', '인디카'도 모두 IPA다.

LAGUNITAS
IPA
INDIA PALE ALE
Doggone Good
hoppy ale Savor the moment as the raging hop character engages the Imperial
LAGUNITAS
say... "lah-goo-KNEE-tuss"
IPA
INDIA PALE ALE
THE LAGUNITAS BREWING COMPANY
PETALUMA, CALIFORNIA
GOVERNMENT WARNING: (1) ACCORDING TO THE SURGEON GENERAL, WOMEN SHOULD NOT DRINK ALCOHOLIC BEVERAGES DURING PREGNANCY BECAUSE OF THE RISK OF BIRTH DEFECTS. (2) CONSUMPTION OF ALCOHOLIC BEVERAGES IMPAIRS YOUR ABILITY TO DRIVE A CAR OR OPERATE MACHINERY, AND MAY CAUSE HEALTH PROBLEMS.
Thanks for choosing to spend the next few minutes with this special homicidally
Qualities of the Malt Foundation in mortal combat on the battlefield of your palate!
CA CASH REFUND
ME-VT-CT-DE-NY-MA-IA-OR 5¢ MI 10¢ DEP (WHOA...)
NET CONTENTS: 12 FLUID OUNCES OF MALT, HOPS, YEAST, AND WATER.
Life is Uncertain, Don't Sip!

Lagunitas Brewing Company (Heineken)
India Pale Ale. alc. 6.2% vol. 355ml.

USA

IPA India Pale Ale란

IPA란 India Pale Ale의 약자로 일반 맥주보다 조금 더 높은 알코올 도수에, 조금 더 쓴맛을 지닌 맥주다. 자몽이나 오렌지 같은 상큼한 과일 향, 화사한 꽃향기, 솔잎 향 등이 느껴지는 것도 특징이다. IPA를 처음 접해 보는 사람은 코를 찌르는 상쾌하고 풍부한 향에 한 번 놀라고, 미각세포를 잡아끄는 듯한 기분 좋은 쓴맛에 한 번 더 놀라곤 한다.

IPA가 이렇게 향긋하고 씁쓸한 맛을 가지게 된 것은 다른 맥주들보다 '홉'이 많이 들어가서인데 이것의 탄생 배경은 이러하다. 19세기 인도가 영국의 식민지이던 때, 인도에 거주하는 영국인들이 자국의 맥주를 그리워하자 영국에서 만든 맥주를 인도까지 싣고 가는 여정이 시작되었다. 하지만 영국에서 인도까지 가려면 아프리카 대륙을 한 바퀴 돌아서 항해를 해야 했고, 그러려면 적도를 두 번이나 지나야 했다. 냉장 기술이 발달하기 전인 그 시절, 맥주를 오랜 기간 상하지 않게, 심지어 적도를 두 번 지나면서까지 운송하려면 무언가 획기적인 방법이 필요했다. 그래서 고안해 낸 방법이 바로 홉을 대량으로 첨가하는 것이었다. 홉이 방부제 역할을 한다는 것을 알게 된 한 양조 기술자의 연구 덕분이었다. 이렇게 탄생한 IPA는 뛰어난 맛과 향으로 아예 맥주의 한 스타일로 자리 잡게 되었고, 지금까지 수많은 맥주 애호가들의 가슴을 설레게 하며 승승장구 중이다.

브랜드에 따라 맛과 향에 차이가 있으니 그중에서 가장 입맛에 맞는 IPA를 찾아보길 권한다. 라벨에 IPA 혹은 India Pale Ale이라고 적혀 있는 맥주를 고르면 된다.

INDIA PALE ALE MAP

from United Kingdom to India

열 받아서
욕 하고 싶을 때

살다 보면, 앞뒤 안 가리고 욕하고픈 순간이 있다.

정말 고고한 사슴처럼
매 순간 맑고 청아한 인격을 유지하며
순하고 착하게 살고 싶지만,
실생활은 그럴 수 없는 법.

어딜 가나 내 심기를 건드리는 상대는 반드시 있고,
어딜 가나 짜증 나서 미쳐 버릴 것 같은 순간은 꼭 있기 마련이다.
그런 날은 다른 어떤 날보다 술이 땡긴다.
그럴 땐 마셔야 한다.

열 받아서 머리가 지끈지끈 아픈 언니들을 위한 맥주.
육두문자가 입 밖으로 새어 나갈 것 같은 날 마시면 좋을

욕받이 맥주 추천.

아아아악
아아악

상놈마
누구냐, 장자는 사슴의 야성을 건드린 놈이!

Red Dog

(레드 독 / 미국 / 4.8%)

+ 본격! 개가 모델인 맥주! 마시고 개 되자! 내 안의 개를 소환해 보자! 오늘 다 죽었어! 육두문자가 치솟는 날 내 상태를 대변해 주는 것 같은 개 맥주! 레드 독!
겉으로만 보면 알코올 도수가 엄청 높을 것 같고, 맛도 엄청 강할 것 같지만 전혀 아니다. 부드럽고 깔끔한 맛이 미각에 잽을 날린다. 마치 온화하게 웃으며 푸딩을 권하는 마동석을 만난 것 같달까. 살려는 드리겠다며 무시무시한 자비를 베풀고 있는 박성웅을 마주한 것 같달까.
캔째 들고 차갑게 벌컥벌컥 마시기 아주 좋다. 라벨에 시뻘건 개가 있어 욕하며 마시기도 좋다. 내 안의 개가 반응하며 왈왈 짖는 것 같다. 시원하게 마시고 꽉 막힌 속을 풀어 보자.

+ 레드 독은 겉보기와는 달리 아주 가볍고 청량한 맥주다. 근육은 터질 듯이 빵빵한데 취미는 뜨개질인, 인상은 험악한데 마음은 자상한 매력적인 남자 같은 맥주다. 반전의 묘미가 있다.

500ml. alc. 4.8% vol.
Pale Lager. USA.
Miller Brewing Company.
RED DOG®
GRRRRRRRRRR
RED DOG®

Brugse Zot Dubbel

(브뤼흐스 조트 두벨 / 벨기에 / 7.5%)

+ Zot이라니… Zot이라니…!
이 맥주를 마트에서 처음 보고 나는 예감했다. 분명 이 맥주의 이름을 가지고 말장난하는 사람이 나타날 것이라고.
하지만 그게 나일 줄은 몰랐다. 그것도 책에 쓰게 될 줄은 더더욱 몰랐다. 왜 슬픈 예감은 틀린 적이 없나. 난 분명히 맥주 덕후들에게 욕먹을 거다. 난 욕먹어도 싸다. 하지만 감추고 포장할 생각은 없다. 이 맥주를 보자마자 욕을 떠올린 것을 어쩌란 말인가. 이름 하나 참 웃긴다며 낄낄낄 웃으며 사서 마신 것을 어쩌란 말인가. 내 수준이 고작 그 정도인 것을 아아, 어쩌란 말인가.
그렇다! Zot이다! 언니들! 이름 끝내주지? 열 받는 날 내 육두문자를 받아 줄 욕받이 맥주가 이 정도는 돼야지! 한 잔 쭈~욱 마시고 욕이나 한마디 시원하게 날려 보자! 오늘 하루는 고상함 따위 집어치워라! 꾹꾹 눌러 봐야 나중에 병 된다! 차라리 입 밖으로 내뱉자! 싱크홀처럼 푹 꺼진 기분을 알싸하게 보듬어 보자!

+ 마트에서 만날 수 있는 Zot에는 상큼한 느낌의 금빛 Zot과 담백한 느낌의 자줏빛 Zot Dubbel이 있으니 취향에 따라 골라 보자. 여기서 소개하는 Zot Dubbel은 짙은 포도 향과 자두 향이 느껴지는 담담하고 씁쓸한 맥주이다. 와인과 맥주의 콜라보레이션을 보는 듯한 묘한 기분이 든다.

※ Zot은 네덜란드어로 '바보, 멍청이'라는 뜻이다. 심지어 원 뜻도 욕이라는 것이 놀랍다.

Zot
HUISROUWERIJ
ABBEY
DUBBEL
ALC.7.5%VOL
DE HALVE MAAN
BELGIUM
330ml
Belgisch Bier
Bière Belge
Belgian Beer
AlC.7.5%Vol
e 33cl.
brugse
Zot
DUBBEL
Brouwerij De Halve Maan, Brugge

그냥, 오늘을 살고 있는 언니를 위한 맥주

힘든 일이 있어도 쉬이 내색하지 않고 늘 웃으며 사람들을 대하고,
냉정한 것 같지만 속은 여려서 작은 일에도 상처를 잘 받는 여자.
알게 모르게 주변 사람들을 배려하고 세심하게 챙겨 주는 마음 따뜻한 여자.
내 고민도 많은데 다른 사람의 이야기는 더 잘 들어주는 속 깊은 여자.
때론 버럭버럭 대놓고 화내고 싶고, 때론 모든 것을 포기하고 싶지만
그럴 수 없어서 하루하루를 묵묵히 참아 내고 살아가는 굳센 여자.
겉의 화려함보다 안의 내실을 더 키워 가는 야무진 여자.

딱 그런 여자 같은 맥주.
딱 그런 언니들에게 잘 어울리는 맥주를 소개한다.

고생했어, 언니.
오늘 하루도
잘 버텨 줘서 고마워.

Warsteiner Premium Verum

(바르슈타이너 프리미엄 베룸 / 독일 / 4.8%)

+ 보통 맥주회사들은 마케팅의 일환으로 축구나 야구 등 활동적이고 TV에 많이 노출되며 많은 팬을 거느린 스포츠를 후원한다. 하지만 '바르슈타이너'는 상대적으로 비인기 종목인 열기구 대회를 지속적으로 후원하고 있다. 돈이 많이 들어가 개인의 힘으로는 하기 힘든 비인기 종목의 스포츠를 꾸준히 후원하는 방법으로 사회에 공헌하고 있는 것이다.
화려하게 빛나거나 앞에서 주목받지는 못해도 보이지 않는 곳, 내 손길이 필요한 곳에서 조용히 움직이며 공헌하는 사람. 남들이 알아주지 않아도 세상에 반드시 필요한 존재. 바로 언니 같은 맥주이다.

+ 바르슈타이너는 부드럽고 둥글둥글한 가벼움과 적당히 성깔 있는 쌉쌀함이 조화롭게 섞인 천상 여자들의 맥주이다. 우아하고 온화한 맛 때문에 '맥주의 여왕'이라고도 불리며 '미스 독일'이라는 애칭도 가지고 있다.

※ 독일 항공인 루프트한자를 타면 비행기에서 바르슈타이너를 준다.

Warsteiner
Warsteiner
Pilsner
330ml
Brauerei
Germany
alc. 4.8% Vol.
WARSTEINER
BEER
SINCE
EINE KÖNIGIN UNTER DEN BIEREN
Warsteiner
BREWING
EXCELLENCE
SINCE
WARSTEINER
PREMIUM VERUM

병뚜껑에 관한 상식

맥주를 좋아하는 사람들은 대부분
자신이 마신 맥주의 병뚜껑을 모은다.
딱히 큰 이유는 없다. 왠지 못 버리겠어서 모으는 거다.
그렇게 모여서 유리병이나 박스에 한가득 쌓여 있는
병뚜껑들을 보고 있노라면 덕후 인증한 거 같아서
괜스레 마음이 뿌듯해지기도 하고,
내가 언제 이렇게 많이 먹었나 싶어서 새삼 놀랍기도 한다.

때론 화폐 대신이나 이벤트의 수단으로 사용되기도 하는 병뚜껑.
병뚜껑의 역사는 100년이 넘는다.
맥주의 맛과 탄산을 확실하게 잡아 주지 못하는
코르크 마개의 한계를 뛰어넘어 수많은 시행착오 끝에
지금의 병뚜껑이 개발된 것이다.

이 자그마한 병뚜껑에만
수십 개의 기능과 수백 개의 특허가 걸려 있다.

톱니의 수: 병뚜껑이 톱니 모양인 이유는 맥주의 탄산과 내부의 압력이 밖으로 새어 나가지 않도록 병과 꽉 맞물려 있게 하기 위해서이다. 톱니의 개수는 세계적으로 21개로 통일되어 있는데, 이보다 더 많으면 병뚜껑을 딸 때 힘이 너무 많이 들어가 병이 깨질 수 있고, 이보다 더 적으면 헐거워서 내용물이 변질되거나 병뚜껑이 내부의 압력을 이기지 못하여 날아갈 수도 있기 때문이다.
21개의 톱니는 그 지름에서 내용물을 가장 온전히 밀봉해 주고, 병뚜껑을 딸 때에도 가장 적당한 힘이 들어가도록 만든 과학적인 수치의 산물이다.

병뚜껑의 애칭: 병뚜껑은 애초에 영국 여왕의 왕관과 비슷하게 생겼다 하여 'CROWN'이라는 이름이 붙었다. 우리나라에서도 병뚜껑 회사에 다니는 사람이 스스로를 '왕관 회사에 다닌다'고 칭하는 것을 듣기도 했다.

맥주병이 갈색인 이유

맥주 코너에 가면 거무스름한 갈색의 병들이 무리 지어 나를 반긴다.
그래, 내 장바구니로 직행할 너희. 나도 반갑다.
그런데 왜 맥주병은 이렇게 갈색이 많은 걸까?
왜 하필 갈색일까?

그 이유는 바로 자외선 차단 때문이다.
맥주는 자외선에 의해 쉽게 변질되기 때문에 유통 과정에서 무엇보다
자외선 차단이 중요한데 그러기 위해 갈색 병을 사용하는 것이다.
초록색 병의 대명사인 하이네켄도 처음엔 갈색으로 시작했다.
그러나 요즘은 자외선 차단 기술이 발달되어 초록색 병은 기본이고,
갈색은커녕 투명한 병에 담겨 나오기도 한다.
페트가 갈색인 이유도 자외선 차단을 위해서인데,
병보다 차단율이 떨어지기 때문에 변질될 위험은 더 높다고 한다.

덧붙이는 상식

소주는 자외선에 노출되어도 변질될 위험이 없기 때문에 병이 무슨 색이어도 전혀 상관없지만, 현재 우리나라 소주들이 모두 초록색 병을 사용하는 것은 초록색이 주는 청량함과 상쾌함, 그리고 초록색 특유의 높은 호감도 때문이라고 한다.
원래 소주는 투명한 병을 사용했는데, 90년대 중반에 등장한 '그린소주'의 영향으로 모두 초록색 병으로 바뀌었다.

BROWN BOTTLES

맥줏집에서 맥주 맛있게 마시는 방법

여럿이 함께하는 자리에선 종종
피쳐로 맥주를 주문하여 마시곤 하는데
이건 정말 어쩔 수 없을 때를 제외하고는 피하는 것이 좋다.
주둥이가 넓은 피쳐에서 한참을 머무르다 보니
공기 접촉이 많아져 산화가 금방 진행되어 맥주 맛이 떨어지고,
탄산이 쉬이 날아가 곧잘 싱거워지기 때문이다.
그래서 피쳐 바닥에 남아 있는 맥주가 그렇게도 맛이 없었던 것이다.
또, 다 마시지도 않았는데 첨잔하는 것은 절대 금물이다.
잔에 남아 있던 김빠진 맥주가 새로 들어오는 맥주의 맛까지 해쳐
자칫 계속 맛없는 맥주를 마시게 될 수도 있기 때문이다.
내 잔에 아직 맥주가 남아 있는데도 누군가 잔을 받으라며 굳이 권할 땐,
잔에 남은 맥주를 다 마시고 받도록 하자.
그것이 그나마 계속 신선한 맥주를 마실 수 있는 길이다.

딱히 서로 잔을 받아야 하고 따라 줘야 하는 분위기가 아니라면,
그냥 개인별로 500cc 잔을 주문해서
나름의 속도대로 마시는 것이 낫다.

맥주와 거품의 비율은 7:3이 BEST!

BEER
CHIMAC

야식의 꽃, 치맥

잠들기 전. 샤워 후.
뜨겁게 늘어진 내 육신에 드리운
차디찬 캔맥주의 유혹.

아~ 후끈후끈해~
시원하게 캔맥주나
하나 때리고 잘까~
캬—
…응???
지금 마시면
살찌는데…?
너무 자연스럽게
맥주를 마시려 했어!!
당대제일
…그래도
이럴 때 마시는 맥주가
제일 맛있는데…
음…

아… 맥주만 마시면 심심하니까
치킨이나 한 마리 시킬까?
양념 반 후라이드 반?
잠깐
아냐 아냐!!!
밤이니까 기름진 것보다는
기름 쫙 뺀 오븐구이가 낫겠다!
살 덜 찌게… ㅋㅋㅋ

아아, 하지만 나는 이미 알고 있네…
이 시간엔 뭘 먹어도 살찐다는 것을…

안 돼! 정신 차려! 살찔 거야!
돼지가 될 거야!
먹으면 안 돼!
이 시간에 맥주가 웬 말이야!
치킨은 또 뭔 소리야 안 돼, 안 돼!

그러나 다짐은 다짐일 뿐.
어느새 의지와는 상관없이 두 손 가득 먹고 있는 내 모습…

쳐묵쳐묵
아, 몰랑~
맛있정~

그래도 아직 희망은 있다.
아아, 누가 그랬던가… 다이어트는 내일부터라고…
진정한 합리화의 끝판왕께서 만드셨다는 그 말.

그래… 오늘까지만이야.
오늘까지만 먹고 내일부터는
다이어트 시작하는 거야.
슬슬 또 할 때가 됐지.
이놈의 다이어트는 끝이 없어…
내일부터 식단 관리
들어가자.
괜찮아.
살은
빼면 되지.
가슴보다 배가 더
나온것 같은건 기분 탓인가…
····

하지만 내일이면 또 같은 장면이 반복되고…

맥주
치킨
치킨
분격! 의지 박약 식욕 폭발
서른여덟 여자의
스펙터클한
야식 합리화 대장정
맥주
떡볶이
뭐 하는 짓이여?

언니는 맥주를 마신다

04

사소하게 인생 즐기기 with 맥주

하고 싶은 것도 많고, 갖고 싶은 것도 많은 언니들.
하지만 인생은 뜻대로 되지 않고,
세상은 내 맘대로 굴러가지 않는다.
왜 이렇게 세상은 불공평할까.
왜 이렇게 세상은 쉽지 않을까.
다른 사람은 몰라도 나만큼은 잘 살 줄 알았는데…
이상은 멀고 현실은 팍팍하고,
돈은 없는데 욕망은 크다.

하지만 언니들 기죽지 말자!
우리에겐 맥주가 있으니까!

거하게 누릴 수 없다면
사소한 즐거움이라도 챙겨 보자!

일 년에 한 번쯤은 해외로 여행 가는 멋진 여자이고 싶을 때

여행 가고 싶다!
일 년에 한 번이라도 해외로 나갈 수 있다면 얼마나 좋을까.
낯선 사람, 낯선 풍경, 돈도 언어도 문화도 모두 다른 곳.
자연의 풍경도 다르고, 건물의 모양도 다르다.
사람의 생김새도 다르고, 먹는 음식도 다르다.
다름과 낯섦이 던져 주는 무한한 매력!
어쩌면 사람은 누구나 탐험가의 기질을 가지고 있는지도 모르겠다.
새로움을 갈구하는 정서는 누구에게나 있으니까.

하지만 돈이 없네. 여행은 가고 싶은데 돈이 없어!
가서 사진 찍어 SNS에 올리고 자랑하고 싶은데 돈이 없어!

바로 그런 언니들을 위한 맥주 추천.
유적이나 관광지를 주제로 한 맥주들을 소개해 본다.

EFES Pilsener

(에페스 필스너 / 터키 / 5.0%)

+ 그리스 로마 신화의 중심지이자 기독교 문화의 한 축을 담당하고, 실크로드의 종착역이면서 동시에 이슬람 문화를 꽃피운 곳. 곳곳에 다양한 유적지들로 가득한 지붕 없는 박물관, 터키. 터키에서 가장 유명한 고대 유적지의 이름이 바로 '에페스'다.
사도 바울이 선교 활동을 펼친 곳이자 성경에 등장하는 '에베소서'의 무대인 에페스는 기원전 7세기경 그리스인들에 의해 건립된 번화한 식민도시였다. 실제로 가보면 어마어마한 규모의 유적에 할 말을 잃는다. 태양 아래 무너진 과거의 영광이 폐허가 되어 관광객의 발길을 사로잡는다. 우리나라 사람들도 많이 찾아서인지 입구에는 삼성 로고가 박힌 한글로 된 안내판도 있다.
이 유적의 이름을 브랜드화한 맥주 에페스는 터키 내에서 시장 점유율이 무려 95%에 육박하는 터키의 대표적인 국민 맥주이다. 터키인들이 자부심을 가지고 사랑하는 맥주. 터키 거리 골목골목 상점 어디에서나 파란 에페스 로고를 만날 수 있다.

+ 터키에 혼자 여행 갔을 때의 일이다. 쏟아지는 태양을 온몸으로 받아 내며 에페스를 걷다가 지쳐서 고대 극장 유적의 돌계단 한편에 몸을 뉘었다. 그렇게 잠시 쉬고 있는데, 어디선가 단체 관광객으로 보이는 한국인 아주머니들이 유적 안으로 들어와 대형을 잡고 갑자기 합창을 하기 시작했다. 아리랑이었다.
'아리랑~ 아리랑~ 아라리요~ 아리랑 고개를 넘어간다~'
고운 화음으로 울려 퍼지는 노랫소리에 대극장 안의 모든 사람들이 귀를 기울였다. 떠들썩하던 외국인 무리들도 어느새 조용해졌다. 그리고 노래가 끝났을 때 그 안에 있던 모든 사람들이 기립해 박수 치며 앙코르를 외쳤다. 이런 곳에서 아리랑을 들을 수 있다니, 이 노래 하나로 모두의 가슴을 울릴 수 있다니. 나는 그저 감동해서 가슴이 벅찰 뿐이었다. 남모를 뿌듯함으로 숙소에 돌아가 텅 빈 게스트 하우스에서 혼자 에페스를 마셨다. 이런 인생, 이런 여행, 이런 맥주. 짜릿하고 감사하고 행복했다.

EFES

500ml. alc.5.0% vol. Pilsner.
Anadolu Efes. Turkey.

Blanche De Bruxelles

(블랑쉬 드 브뤼셀 / 벨기에 / 4.5%)

+ '블랑쉬 드 브뤼셀'의 라벨에는 벨기에의 수도 브뤼셀의 명물인 '오줌싸개 소년'의 동상이 그려져 있다. 오줌싸개 소년은 크기가 고작 60cm에 불과해서 '세계 3대 허무 볼거리'로 불리지만, 이 작은 동상을 보러 전 세계에서 수많은 관광객들이 몰려든다고 한다.

오줌싸개 소년은 '줄리앙'이라는 애칭으로도 불리는데, 세계 각국의 정상들이 브뤼셀을 방문할 때 줄리앙의 의상을 만들어 선물해 주기도 한단다. 해서 현재 줄리앙의 의복은 무려 800벌에 달한다고 하니, 왠지 부럽다.

이 동상은 17세기에 지역 주민들에게 식수를 제공하는 목적으로 처음 만들어졌는데, 재미있는 점은 특별한 축제나 행사가 있는 날에는 동상에서 맥주나 와인이 나온다는 것이다. 오줌싸개 동상이 오줌으로 쏟아내는 맥주라니… 약간 찝찝한 기분은 들지만 어떤 맛일지 정말 궁금하다. 마셔 본 언니가 있다면 제보 바란다.

참고로 근처에는 '오줌싸개 소녀'의 동상도 있다.

+ 친구와 함께 간 술집에서 우연히 이 맥주를 발견하고는 라벨이 귀여워서 무심코 주문해 마셨다가 너무 맛있어서 앉은 자리에서 1인당 세 병씩 비웠던 기억이 난다. 잘 만들어진 오렌지 마멀레이드를 치즈에 발라 먹고, 요거트에 뿌려 먹는 것처럼 상큼한 기분이 드는 맥주.

개인적으로는 브뤼셀에서 오줌싸개 동상을 바라보며 이 맥주를 마셔 보고 싶다는 로망이 있다.

BLANCHE DE BRUXELLES
Bière Blanche
White Beer
BLANCHE DE BRUXELLES
BLANCHE DE BRUXELLES
Brasseurs de pères en fils depuis six générations
Brewed according a six generation of brew-master
www.brasserielefebvre.be
Wit Bier - Weiss Bier - Cerveza blanca - Olut - Alus
Starköl - Øl - Pivo - Piwo - Világos Szüretlen
Belga Búzasör - μπύρα - ビール - ПИВНОЙ НАПИТОК
Produit de Belgique - Product of Belgium
BLANCHE DE BRUXELLES
500ml. alc. 4.5% vol. Witbier. Brasserie Lefebvre. BELGIUM

Tsingtao

(칭다오 / 중국 / 4.7%)

+ 아시아에서 가장 유명한 맥주. 칭다오는 청나라 시절 칭다오 지방을 점령한 독일인들이 물 맑은 칭다오의 특성에 독일의 생산 설비와 양조 기술을 더해 만든 고품격 대륙의 맥주이다.
라벨에 그려진 누각은 칭다오의 명소인 '회란각'인데, 이곳에서 보는 풍경은 매우 아름다워서 칭다오 10대 절경 중에서도 일품으로 꼽힌다고 한다. 칭다오에 여행 가면 반드시 들러야 하는 곳 중 하나이다.
해마다 8월 중순이면 칭다오 맥주 축제가 열리는데 이 축제는 아시아 최대의 맥주 축제이자 세계 4대 맥주 축제 중의 하나로도 유명하다. 칭다오 여행을 계획한다면 이 시기를 놓치지 말도록 하자.

+ 첫입부터 황비홍이 발차기를 날린다. 이연걸의 강단 있는 발가락이 혀끝에 느껴진다. 곧이어 포청천이 개작두를 대령하라 소리친다. 시원하고 통쾌한 맛이 식도를 두드린다. 이때쯤 양꼬치를 하나 야무지게 뜯어 준다. 오, 마이 갓. 숨겨 왔던 칭다오의 수줍은 매력이 비로소 화산처럼 폭발한다. 치맥에 버금가는 환상적인 궁합이 입안에 펼쳐진다. 꼬치도 술술 들어가고, 맥주도 술술 들어가고.
가까운 중국도 놀러 갈 여유가 없는 언니들이라면 근처 양꼬치집에 가자. 매그넘 사이즈로 나오는 칭다오에 양꼬치를 몇 개 뜯다 보면 무릉도원이 따로 없다.
양꼬치엔 칭다오.

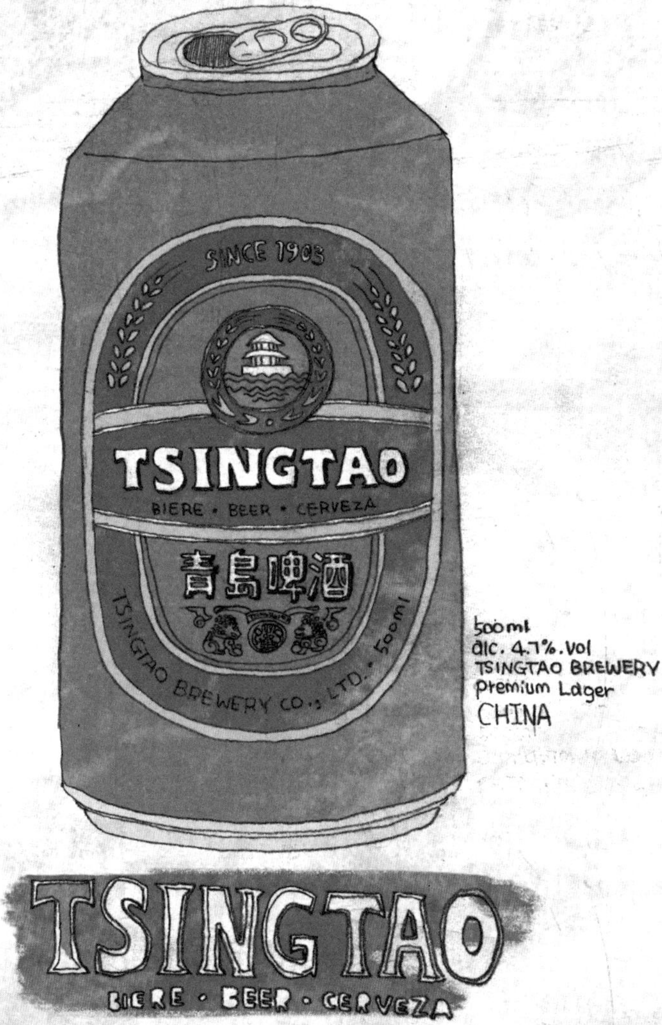
SINCE 1903
TSINGTAO
BIERE · BEER · CERVEZA
青島啤酒
TSINGTAO BREWERY CO., LTD. · 500ml
500ml
alc. 4.7%.vol
TSINGTAO BREWERY
Premium Lager
CHINA
TSINGTAO
BIERE · BEER · CERVEZA

Estrella Damm

(에스트렐라 담 / 스페인 / 4.6%)

+ '에스트렐라 담'은 바르셀로나에서 누구나 흔히 마시는 바르셀로나의 대표 맥주다. 우리나라 그 어떤 음식점에 들어가도 카스를 만나 볼 수 있듯이, 바르셀로나의 레스토랑이나 펍에서는 에스트렐라 담을 가장 쉽게 만나 볼 수 있다.
바로셀로나에 여행을 간 적이 있었다. 출렁출렁한 가우디의 건물을 보며 감탄하고, 분수쇼를 보며 감동받고, 게스트 하우스에서 만난 잘생긴 연하남과 썸도 탔다. 그리고 어디에서나 이 맥주를 마셨었다. 분수쇼를 볼 때에도, 밥을 먹을 때에도, 썸을 타며 아슬아슬 애정선을 넘나들 때에도 항상 에스트렐라 담이 곁에 있었다. 그래서 에스트렐라 담을 보면 그때 그 시간들이 떠오른다. 바로셀로나가 혀 위에 펼쳐지는 것 같다.
육신은 비록 집에서 뒹굴거리고 있지만 마음만은 바로셀로나를 활보하고 있는 언니들, 바로셀로나에서 분수쇼 보며 연하남이랑 썸타고 싶은 언니들이라면 에스트렐라 담을 마셔 보자. 로맨스가 샘솟는 바로셀로나의 기운을 느껴 보자.

+ 바로셀로나에서 연하남과 썸타며 마시던 맥주를 마트에서 발견했을 때, 나는 그 연하남을 다시 만난 것처럼 반가웠다. 그 친구는 지금쯤 어디서 어떻게 살고 있을까. 뭘 하며 지내고 있을까. 그 애도 이 맥주를 기억하고 있을까. 그리고 나는 방구석에서 추억을 곱씹으며 혼자 병나발을 불었다. 몇 년 만에 마신 에스트렐라 담은 여전히 맛있었다. 나도 변하고 세상도 변했는데 맥주는 그대로였다.

FC BARCE
Estrella Damm
18 76
Estrella
TRADITION Damm CERVECERA
BARCELONA
CERVEZA BEER BIÈRA BIERA CERVEZA
CERVEZA MEDITERRANEA
DE MALTY Y ARROZ

Kona Big Wave
(코나 빅 웨이브 / 미국 / 4.4%)

+ 세계에서 가장 유명한 휴양지이자 천혜의 자연환경을 그대로 간직한 섬. 푸른 바다와 시설 좋은 리조트를 동경하는 언니들이라면 누구나 한 번쯤은 꿈꿔 보는 여행지인 하와이. 그런 하와이를 대표하는 맥주가 있어 소개하고자 한다.
이 맥주를 처음 마트에서 발견했을 때 정말 깜짝 놀랐다. 불과 얼마 전까지만 해도 전문 보틀샵에서만 팔던 맥주가 어느새 마트까지 진출했기 때문이다. 마트에서 맥주를 사 와 방구석에서 혼자 야금야금 맥주를 즐기는 나 같은 은둔형 맥주 애호가들에게 천국이 열리고 있다. 더더욱 마음껏 은둔할 수 있어서 얼마나 좋은지 모르겠다. 나는 조용히 카트에 맥주를 쓸어 담았다.
'코나 브루어리'의 맥주는 하와이의 전문 코나 펍에서도 즐길 수 있고, 호놀룰루 국제공항에서도 만나 볼 수 있다. 하와이에 여행 갈 언니들이 있다면 생맥주로 제공되는 코나 맥주들을 맛있게 먹고 오길 바란다. 하지만 당장 하와이에 갈 여건이 되지 않는 언니들이라면 집에서 코나 맥주를 마셔 보자. 꿩 대신 닭이라는 선지식들의 말씀을 맥주로 실천해 보자.

+ 빅 웨이브는 더운 여름날 시원하게 마시거나, 물놀이 후 입가심으로 마시거나, 하루 일과를 마치고 가볍게 마시기 딱 좋은 맥주이다. 뚜껑을 열자마자 퍼져 나오는 열대과일 향, 가볍고 상쾌하고 청량한 그 맛. 하와이의 맑은 기운이 온몸을 가득 채우는 듯하다. 구릿빛 상체를 드러낸 미남들이 눈앞에서 서핑을 즐기고 있는 듯하다.

KONA
BREWING Co.
BIG WAVE
Golden Ale
KONA
BREWING COMPANY
alc. 4.4% Vol.
GOLDEN ALE
HAWAII USA
355 ml.

방구석에서 드라마 몰아 보기 할 때

오늘은 집에서 드라마나 몰아 보면서

하루 종일 뒹굴거릴 테다!

오늘 같은 날 씻으면 반칙.
이 닦으면 배신.
하루 정도는 마음껏 나를 놓아 버리고 푹 퍼지기.

너도 뽕빼니까 별거 없구나~~
난또~ 괜히 기죽었네 ㅋㅋㅋ
시끄럿!

각종 주문 음식에 과자들로 주변을 세팅하고
냉장고에 보관해 두었던 차가운 맥주를 딴다.
오직 이 순간만을 기다렸다는 듯 파르르 올라오는
상큼한 탄산에 거칠어진 식도를 맡기고,
세간의 오징어에 메말랐던 안쓰러운 나의 각막에
유니세프 같은 미남들로 구호의 기름칠을 한다.
대뇌 전두엽은 이미 여주인공에 빙의되어 있다.
지금 이 순간만큼은 내가 전지현이고, 내가 박신혜다.

여자들이 드라마를 좋아하는 이유가
현실에는 존재하지 않는 미남들과의 가슴 덜덜한 로맨스로
대리만족하기 위함이라는 것을 아는 남자가 얼마나 될까.

남자만 이쁜 여자 좋아하는 것이 아니다!
우리도 잘생긴 남자 좋아한다!
그래, 내 얼굴은 미안하다.
'아아아, 나는 왜 이따구로 생겼을까….'

아아아아아아

Suntory The Premium Malt's

(산토리 더 프리미엄 몰츠 / 일본 / 5.5%)

+ 산토리 맥주를 가장 맛있게 마시는 방법은 바로 일본 드라마인 '호타루의 빛'을 보면서이다. 여자 주인공이 극중에서 시도 때도 없이 마시는 맥주가 바로 산토리이기 때문이다. 그야말로 드라마 몰아 보기라는 주제에 딱 맞는 최적의 맥주.
밖에서는 세련되고 능력 있는 모습을 보이지만, 집에서는 질끈 묶어 올린 머리에 맨 얼굴로 마냥 늘어져 있는 여자. 티셔츠는 아무거나 대충 주워 입고, 바지는 수면바지나 추리닝으로 몇 날 며칠을 버티는 여자. 옷은 아무 데나 벗어 놓고, 물건은 아무 데나 굴려 놓고 맨날 뭐가 어디에 있는지 몰라서 찾아 헤매는 그런 여자. 우리 집에도 있고 언니네 집에도 있는 그런 흔한 여자들의 이야기가 펼쳐진다. 진짜 너무 공감돼서 빵빵 터진다. 우울할 때 봐도 좋을 것 같다.
주말이나 연휴에 방구석에서 꼼짝 않고 드라마를 몰아 볼 계획이 있는 언니들에게 강추하고 싶다. '건어물녀'라는 단어를 유행시킨 드라마이기도 하다.

+ 드라마의 후광이 없어도 산토리는 그 자체만으로도 정말 훌륭한 맥주이다. 진짜 마트에서 만날 수 있는 수많은 라거들 중에서도 손에 꼽을 만큼 맛있다. 깊고 진한 맛과 향, 입안을 가득 채우는 짙은 풍미. 맥주 장인이 혓바닥에 지문을 찍는 것 같다.

※ 산토리는 한때 고급 일식집이나 호텔에서만 취급했었다. 한 병에 만 원이 넘는 고급 맥주였다. 그런 맥주가 현재 네 캔 만 원이라니… 세상 참 좋아졌다.

SUNTORY
SUNTORY
The PREMIUM MALT'S
SUNTORY PILSNER BEER
A premium pilsner beer, brewed with selected ingredients and pride.
ザ・プレミアム
モルツ
生ビール
500ml
alc. 5.5% Vol.
SUNTORY BEER LIMITED
JAPAN. PILSNER

Hoegaarden

(호가든 / 벨기에 / 4.9%)

+ 드라마 몰아 보기를 할 때 잘 어울리는 맥주로는 또한 호가든을 들 수가 있겠다. 이 맥주만큼 드라마틱한 스토리를 가진 맥주도 없기 때문이다. 혹시 로맨틱 드라마를 생각한 언니들이 있다면 죄송하다. 장르는 잡초 같은 주인공의 험난한 고생길을 그린 막장 드라마다. 만약 책에도 음성 지원이 된다면 호가든 편에는 반드시 '인생극장' 테마곡을 깔고 싶다. 조금 길지만 안구 운동한다고 생각하고 인내심을 가지고 읽어 보자.

+ 1957년, 벨기에의 작은 마을 호가든에서 마지막 남은 양조장이 결국 문을 닫았다. '톰신' 양조장이었다. 2차 대전 이후 강하게 불어닥친 라거의 인기와 변화하는 시대의 그늘 속에서 과거 호황을 누렸던 양조장들이 모두 문을 닫았는데 톰신 양조장도 그들 중 하나였던 것이다. 1445년부터 이어져 와 한때 호가든 마을의 특산품이기도 했던 벨기에식 밀맥주는 이대로 역사 속으로 사라지는 듯했다… 그가 등장하기 전까지.

'피에르 셀리스'는 아버지를 도와 우유 장사를 하며 시간이 날 때마다 톰신 양조장에서 일을 돕던 건강하고 잘생긴 청년이었다. 어느 날 그는 친구들과 술을 마시다가 '밀맥주를 다시 만들어 보면 어떨까?'라는 생각을 하게 된다. 그리고 1965년, 불혹의 나이에 과감하게 우유 장사를 때려치우고 버려진 양조장의 장비들을 들여와 아버지의 헛간에서 기억을 더듬어 맥주를 만들기 시작했다. 그리고 이듬해, 완성된 맥주가 세상 밖으로 처음 모습을 드러냈다.

결과는 대박이었다. 호가든 마을만의 오렌지 향 가득한 밀맥주를 그리워하는 사람은 그와 그의 친구들뿐만이 아니었던 것이다. 셀리스는 그 맥주에 마을 이름을 붙여 '호

Anno 1445
ONGEFILTERD, VAN NATURE TROEBEL
UNFILTERED, NATURALLY CLOUDY
NON FILTRÉE, NATURELLEMENT TROUBLE
THE ORIGINAL BELGIAN WHITE BEER · BIÈRE BLANCHE BELGE ORIGINALE
Hoegaarden
witbier - bière blanche
ORIGINEEL BELGISCH WITBIER
BROUWERIJ HOEGAARDEN - InBEV - WITBIER - ALC. 4.9% VOL. - 330ml - HOEGAARDEN - BELGIUM

가든'이라 명명했고, 호가든은 순식간에 성장하며 벨기에 전 지역에 밀맥주 붐을 일으켰다.

늘어난 생산량에 시설 확장의 필요성을 느낀 셀리스는 1979년, 동네에 버려진 레모네이드 공장을 매입하여 양조장으로 탈바꿈시켰다. 그리고 양조장의 이름을 '수도원'이라 지었다. 호가든 마을에서 처음 밀맥주를 만든 수도원에 대한 경의의 표시였다.
하지만 1985년, 터가 안 좋았던 것일까, 아니면 화마가 낀 것일까? 승승장구하던 그에게 첫 번째 불행이 닥쳐온다. 양조장에 큰불이 난 것이다. 화염은 삽시간에 건물 전체를 감싸 안았고 양조장은 완전히 잿더미가 되었다. 피해액은 엄청났다. 개인이 복구할 수 있는 수준이 아니었다. 양조장을 다시 지으려면 외부의 자금을 끌어들이는 수밖에 없었다. 지금 생각해 봐도 어쩔 수 없는 선택이었다. 그렇게 대기업의 자금이 양조장으로 들어왔다.

수도원 양조장이 다시 지어진 후, 철저히 이익에 우선한 대기업의 논리는 본격적으로 이빨을 드러내기 시작했다. 원가를 절감하라며 압박하고, 시장 논리에 맞게 레시피를 수정하라며 압력을 넣기 시작한 것이다. 셀리스는 버틸 수가 없었다. 거대 자본의 힘 앞에서는 모든 것이 무력했다. 결국 그는 그의 꿈이자 인생이었던 수도원 양조장을 포기하고 모든 경영권을 기업에 넘겨주었다. 그리고 그가 낳아 키운 호가든 맥주에게도 작별을 고했다. 이때 그의 나이 어느덧 65세였다.

젊은 시절 일궈 온 모든 것을 잃었지만 맥주 양조를 포기할 수 없었던 셀리스는 미국으로 건너가 처음부터 다시 시작하기로 결심했다. 미국이 아직 밀맥주의 불모지라는 말이 그의 심장을 두근거리게 했다. 그는 미국에서 호가든 마을과 가장 물이 비슷한 곳인 '텍사스 주'의 '오스틴 시'에 자리를 잡고 다시 맥주를 만들기 시작했다. 호가든과 같은 레시피였다. 그는 이 양조장의 이름을 '셀리스 양조장'이라 지었고 이곳에서 만든 맥주를 '셀리스 화이트'라 불렀다. 이미 67세의 나이였지만 그의 열정은 뜨거웠고 그의 꿈은 선명했다.

결과는 대박이었다. 또 대박이었다. 만들자마자 언론에서 찾아오고, 미국맥주 축제 GABF에서 4년 연속으로 수상도 하고 난리가 났다. 사업은 쭉쭉 확장되었고 셀리스 양조장은 이렇게 영원할 것만 같았다.

하지만 가혹한 운명의 신은 이번에도 그를 내버려 두지 않았다. 그의 양조장에 투자했던 투자자들이 그들의 지분을 다른 거대 맥주회사에 팔아 버린 것이었다. 그리고 그 회사 역시 대기업의 이익에 근거한 양조를 지시하며 압박했고, 셀리스는 이를 거부하며 버티다가 결국 다시 모든 경영권을 기업에 넘겨주게 되었다. 똑같은 일을 두 번이나 겪고 또다시 무너졌을 때, 그의 나이 벌써 75세였다.

그 뒤로 셀리스 양조장은 새로운 주인을 찾지 못해 폐쇄되었고, 이후 '미시건 브루잉'에서 인수했지만 바뀐 레시피로 만들어 파는 셀리스 화이트는 인기가 없었다. 결국 미시건 브루잉은 파산했고, 그렇게 셀리스 이야기는 끝나는 듯했다.

하지만 밟아도 밟아도 다시 일어서는 우리의 셀리스 오빠는 모든 것을 잃은 뒤 고향인 벨기에로 돌아와 또다시 양조장을 세웠고, 여기서 셀리스 화이트를 만들어 내놓았다. 그리고 그의 딸인 크리스틴은 파산한 미시건 브루잉으로부터 경매로 셀리스의 상표권을 되찾아 텍사스 주의 옛 셀리스 양조장에서 아버지의 레시피 그대로 다시 셀리스 화이트를 만들고 있다. 그들의 도전은 아직 끝나지 않았다.

2011년 4월. 멸종된 벨기에 밀맥주를 다시 일으켜 세운 장본인이며, 우리에게 호가든을 안겨 준 위대한 양조장인이자, 거대 기업의 자본 논리에 굴하지 않고 기어이 호가든의 형제뻘인 셀리스 화이트까지 낳아 준 불굴의 사나이 피에르 셀리스가 86세의 일기를 끝으로 사망했다. 그러나 그가 보여 준 벨기에 밀맥주에 대한 끝없는 열정과 고집, 인내와 헌신은 맥주 역사에 길이길이 남을 소중한 자산이 되었다. 우리가 마시는 호가든 한 병에는 그의 이러한 인생극장 정신이 담겨 있는 것이다.

물론 우리나라에서 판매하는 호가든은 벨기에 측으로부터 레시피를 전수받아 우리나라 OB에서 OEM방식으로 생산한 것이다. 하지만 아무 양조장이나 레시피를 받아 호가든을 만들 수 있는 것은 아니다. 전 세계에서도 호가든 레시피를 전수받은 나라는 러시아와 한국뿐이다.
OB도 나름 벨기에 본사의 까다로운 심사를 5년이나 버티며 인정받은 것이라고 한다. 더불어 생산 초기 단계부터 벨기에 전문가가 참여하고 있으며 매월 본사에 샘플을 보내서 평가를 받는 등의 노력도 기울이고 있다고 한다.

벨기에 호가든과 우리나라 호가든 사이에는 약간의 논란이 있고, 두 개를 같이 놓고 비교해서 마셔 본 사람들도 입맛에 따라 벨기에 호가든이 낫다, 우리나라 호가든이 낫다, 큰 차이가 없다 등으로 평이 갈리고 있다. 맥주란 같은 재료를 사용하여 같은 방식으로 만들어도 만들어진 곳의 물이나 생산 설비, 생산 과정, 양조장의 성격 등에 따라 맛이 달라질 수밖에 없다. 또한 맥주에 대한 평가란 지극히 개인적인 것이므로 어떤 것이 맞다 틀리다 말할 수도 없다. 중요한 것은 어떤 것이 본인의 입맛에 맞느냐 하는 것이다.
최근에는 벨기에 본토에서 만들어진 다양한 호가든이 마트에 수입되어 들어오고 있고, 셀리스 화이트 또한 수입되고 있으니 이것저것 비교해서 마셔 보고 본인의 입맛에 맞는 것을 찾아보는 것도 재미있겠다.

+ 나는 호가든을 마실 때마다 몸에 보디로션을 바른 것 같은 기분이 든다. 상쾌한 오렌지 향과 달콤하고 부드러운 맛이 방금 샤워하고 나와서 온몸에 은은한 보디로션을 바른 여인의 속살처럼 매혹적이다. 이틀간 씻지 않고 집에 드러누워 밀린 드라마를 몰아 보더라도 우리 상큼함은 잃지 말자.

※ 셀리스가 호가든을 만든 뒤 벨기에식 밀맥주가 크게 유행하여 다양하고 새로운 브랜드의 맥주들이 탄생되었다. 'Belgian White', 'Belgian Witbier'라 불리우는 이 맥주들에는 보통 '하얀'이라는 뜻의 'Blanc', 'Blanche' 라는 단어가 적혀 있으니 참고하길 바란다.
동네 마트에서 파는 벨기에식 밀맥주에는 호가든 외에도 'Blanche De Bruselles', '1664 Blanc', 'Grimbergen Blanche' 등이 있다. 향긋하고 상큼한 맥주를 좋아하는 언니들에게 제격이다.

집에서
영화 볼 때

소파에 몸을 파묻고
오랜만에 영화 감상 시간을 가져 본다.

'어떤 영화를 볼까나~'

영화를 고르는 데 쓸데없이 설렘이 터진다.

뱃살처럼 쌓인 스트레스를
한 방에 안드로메다로 날려 버리려면 신나는 블록버스터를,
평소에 부족했던 로맨스를 간접적으로나마 충족하려면
달달한 로맨틱 코미디를,
야밤에 새로운 존재와 접신하고 싶은 언니들이라면
공포영화를 봐도 좋겠다.

이때 마시면 좋을 맥주들을 소개해 본다.

CHIMAY
BLUE
TAP 5
BROOKLYN IPA + SCHNEIDER WEISSE HOPFENWEISSE
HOFBRÄU
KALTENHAUSEN
AUSTRIA
Edelweiss

Heineken
(하이네켄 / 네덜란드 / 5.0%)

+ 하이네켄의 성공 신화를 만든 네덜란드의 맥주왕 '프레디 하이네켄'의 이야기는 실제로 영화로 만들어져서 화제가 되었다. 그렇다고 훈훈한 성공담을 생각하면 오산이다. 무려 납치극이다.

1982년, 돈도 일자리도 없어 사는 것이 곤궁했던 암스테르담의 평범한 청년들은 어느 날 억만장자인 하이네켄을 납치해 몸값을 받기로 결심한다. 청년들은 치밀한 계획하에 하이네켄을 납치했고, 후미진 곳의 창고를 개조해 그곳에 그를 감금시켰다. 21일간 좁은 창고에 감금되어 있던 하이네켄은 1,600만 달러라는 거액을 지불하고 나서야 간신히 풀려났는데 이 금액은 역사상 최고의 몸값으로 기록되었다.

이 사건은 '하이네켄 납치 사건'이라고 불리며 네덜란드와 할리우드에서 영화로 만들어졌고, 이 일 이후 프레디 하이네켄은 2003년 사망할 때까지 사람들 앞에 나서는 것을 꺼리며 폐쇄적인 삶을 살게 되었다.

+ 집에서 하이네켄을 마시며 할리우드판 '하이네켄 납치 사건'을 보았다. 익숙한 얼굴의 연기파 배우들이 대거 등장해서 믿고 보는 맛이 있었다. 영화 자체는 그렇게 재미있다고 할 수 없었지만 평범한 사람들이 범죄를 저질렀을 때 그 속에서 일어나는 심리묘사가 흥미로웠다. 우리나라에서는 '미스터 하이네켄'이라는 제목으로 상영되었다.

오늘 밤, 하이네켄을 마시며 '하이네켄 납치 사건'을 감상해 보는 건 어떨까.

• BREWED WITH PASSION FOR QUALITY
ORIGINAL RECIPE
HEINEKEN LAGER BEER
DIPLOME D'HONNEUR AMSTERDAM 1883
TRADE MARK
Heineken®
MEDAILLE D'OR PARIS 1875
GRAND PRIX PARIS 1889
EST. 1873
PREMIUM QUALITY
BREWED WITH PASSION FOR QUALITY
QUALITY • THE ORIGINAL QUALITY • BREWED WI
500ml. alc. 5.0% vol.
Heineken Nederland
Pale Lager.
NETHERLANDS

Kronenbourg 1664 Blanc

(크로넨버그 1664 블랑 / 프랑스 / 5.0%)

+ 1664라는 숫자는 크로넨버그가 만들어진 해를 뜻하는데, 그때는 태양왕 루이 14세의 통치 기간으로 계속되는 전쟁과 베르사유 궁전 건축 등으로 시민들의 불만이 점점 높아지던 시기였다. 왕과 귀족, 건축가와 예술가들이 사치스러운 화려함으로 궁정예술을 꽃피우던 이 시기 프랑스의 모든 도시에는 거지와 시체가 들끓고 시민들은 병들고 굶주려서 평균수명이 고작 25살에 불과했다(당시 유럽인의 평균수명은 30세).
국민들이 굶주려 서른도 못 넘기고 죽어 가던 때 매일같이 배터지게 먹고 소화불량에 시달리던 루이 14세는 무려 77세까지 살았고, 루이 14세가 죽자 모든 국민들은 크게 기뻐했다. 하지만 왕이 바뀌어도 시민들의 생활은 전혀 나아진 것이 없었고 이것은 프랑스 혁명의 도화선이 되었다.
루이 14세가 '태양왕'이라는 타이틀을 얻게 된 것은 춤과 발레를 사랑하고 앞에서 주목받는 것을 즐기던 왕이 온몸에 금칠을 하고 수많은 사람들 앞에서 태양신을 연기했기 때문이다. 믿기 어렵지 않으신가? 궁금한 사람들은 '왕의 춤'이라는 영화를 보자. 루이 14세가 춤으로 어떻게 권력을 행사하는지를 볼 수 있다.
유럽 최고의 절대군주로 절대권력을 누렸던 루이 14세지만 그의 별명은 안타깝게도 '냄새왕'이다. 루이 14세의 악취는 실로 대단했는데 이것은 프랑스에서 향수가 발달하게 된 하나의 계기가 되었다.

+ 크로넨버그 1664 블랑은 후각을 자극하는 강렬한 과일 향에 샴페인처럼 새콤달콤한 맛이 일품인 맥주이다. 맥주의 쓴맛을 싫어하거나 향긋한 술을 좋아하는 언니들에게 특히 강추하고 싶다. 맛이 가벼워서 낮술로 즐기기도 좋다.

※ 루이 14세의 이름으로 만들어진 브랜드가 바로 언니들이 좋아하는 '루이까또즈'다.

BIÈRE BLANCHE
Kronenbourg
1664
BLANC
AVEC UNE POINTE D'AGRUMES
KRONENBOURG
330ml
alc.5.0% Vol. Witbier
Brasseries Kronenbourg
(Carlsberg)
FRANCE
1664 BLANC
Kronenbourg

Guinness Draft

(기네스 드래프트 / 아일랜드 / 4.2%)

+ 아일랜드의 수도인 더블린 시에는 대지 면적만 무려 4,900평에 달하는 아주 크고 흉측한 폐양조장이 서 있었다. 늪지대에 우두커니 서 있던 이 양조장은 더블린의 골칫덩이였다. 버려진 지 꽤 되었지만 아무도 이 건물을 사거나 임대하려 하지 않았기 때문이다. 심지어 무료로 빌려주겠다고 해도 나서는 사람이 없었다. 그런데 오늘, 웬 남자가 이 양조장을 임대하겠다고 나섰다.

'허우대는 멀쩡해 보이는데…. 귀족가문이라는데 왜 이걸?'

더블린 측에서는 마다할 이유가 없었다. 남자는 심지어 이 흉측한 건물을 무려 9천 년간 임대하고 싶다고 했다.

"어휴. 되다마다요!"

이어서 그는 임대 기간 동안 이 근처의 물을 마음껏 써도 되냐고 물었다.

"아, 쓰십시오. 쓰세요! 양조장 임대료에 포함해 드릴게요!"

더블린 측은 횡재했다고 생각했다. 그리고 덥석 계약서에 서명했다. 9천 년 동안 건물과 물을 사용하는 임대료는 연간 45파운드. 우리나라 돈으로 고작 8만 원 돈이었다. 계약서를 들고 나오며 남자는 씨익 웃었다. 세계에서 가장 많이 팔리는 흑맥주, 기네스 전설의 시작이었다. 1759년의 일이었다.

더블린의 폐양조장을 헐값에 9천 년 동안 임대한 이 배짱 두둑한 사업가의 이름은 '아서 기네스'였다. 기네스 맥주병을 보면 웬 서명이 하나 있는데 그가 바로 이 서명의 주인공이고, 그의 가문의 이름을 딴 맥주가 바로 '기네스'이다. 그는 양조장의 반영구적인 계약과 동시에 기네스 맥주의 시초를 마련했고, 현재는 그의 자손들이 양조장을 이어 나가고 있다. 발렌타인 데이나 화이트 데이처럼 영국에서는 1년에 한 번씩

GUINNESS
ESTD 1759
GUINNESS
DRAUGHT
330ml. alc.4.2% Vol.
GUINNESS & CO. DRY STOUT.
DUBLIN IRELAND.
ESTD 1759
GUINNESS®
DRAUGHT
BREWED IN DUBLIN

'Arthur's Day'라는 행사가 열리는데 이것은 아서 기네스의 위대한 업적을 기리는 축하 파티라고 한다.

기네스는 19세기 빅토리아 여왕의 재위 기간 동안 영국의 식민지들을 따라 해외 곳곳으로 전파되었고, 양조장의 규모는 점점 더 커졌다. 그리고 기네스의 성장은 고스란히 더블린 시에 환원되어 돌아왔다.
기네스는 일찍부터 가난한 사람들에게 집을 지어 주고, 무너진 교회를 복원해 주는 등 사회 환원에 힘써 왔다. '사회적 기업'이라는 개념이 없던 시절부터 기네스는 부의 환원을 위해 노력했다.
기네스는 또한 직원 복지에도 힘써서 직원들은 자녀의 학비와 가족의 장례비, 휴가 비용은 물론이거니와 데이트 비용도 지원받았다. 심지어 직원들이 세계대전에 징용을 당했을 때에는 남은 가족들에게 매달 월급의 반을 지급하기도 했다. 직원의 행복이 곧 회사의 성공이라고 믿은 기네스의 경영철학 덕분이었다.
사람들은 기네스를 자랑스러워했고, 직원들은 대를 이어 기네스에서 근무했다. 그 결과, 기네스는 현재 아일랜드를 대표하는 주요 아이콘으로 자리 잡았고, 지금까지도 아일랜드의 중요한 축제에는 기네스가 빠지지 않고 등장한다.

+ 이러한 기네스의 매력이 여실히 드러나는 영화로는 '킹스맨'을 들 수 있겠다. '킹스맨'에서 'Manners Maketh Man'이라는 명대사를 날리며 엄청난 슈트발과 함께 바람 같은 우산 액션을 선보였던 '콜린 퍼스'가 동네 깡패들을 때려눕히기 전 '멋진 기네스를 마셔야 한다'는 장면은 이 영화의 하이라이트다. 영화관에서 '킹스맨'을 보고

나왔을 때 머릿속에 든 생각은 '얼른 집에 가서 기네스 마셔야지'였다.
아직 '킹스맨'을 보지 못한 언니들이 있다면 지금이라도 다운받아 보도록 하자. 멋진 오빠들이 근사한 슈트를 입고 유쾌한 액션을 보여 준다. 옆에 기네스는 필수다.

+ 경쾌하게 조잘거리는 탄산도 없고, 황금빛의 화려함도 없지만 입안을 가득 채우는 단단함과 무게감이 형용할 수 없는 감동을 준다. 부드러운 목소리와 세심한 매너로 언니들의 심금을 울리는 잘생긴 젠틀맨 같은 맥주. 깊은 맛이 넘치는 황홀하고 섹시한 맥주.
혀로 미남을 감싸 안은 느낌. 입안에서 콜린 퍼스가 단추 채우는 기분이 든다. 검고 아름답다.

※ 기네스 드래프트 캔 안에서 달그락거리는 작은 공은 '위젯'이라 불리는 특수한 장치이다. 캔이 열리는 순간 질소를 내뿜어 기네스 특유의 촘촘하고 부드러운 거품을 만들어 주는 역할을 한다. 이물질이 들어 있다고 놀라지 말자. 이래 봬도 무려 100억 원짜리 발명품이다. 영국 여왕으로부터 '기술 진보상'을 수상하기도 했다.
※ 기네스의 위젯은 매년 만우절이면 '기네스 이물질설'을 일으키며 각종 유머 게시판에서 회자되곤 한다.
※ 기네스 이름 위에 있는 하프는 아일랜드의 국장이다. 우리나라로 치면 무궁화가 그려진 맥주인 셈. 그 유명한 '기네스북'도 기네스 가문이 기획하고 만든 것이다. 이래저래 매력 터진다.

귀찮지만
손님상 차릴 때

설거지도 귀찮고, 음식 차리기도 귀찮은데
집에서 손님을 맞이해야 할 때가 있다.
집들이, 생일 파티, 가족 모임, 친구 모임…
모이는 이유도 가지가지.

이럴 때 내놓으면 좋을 맥주들을 소개해 본다.

손님상에 내놓기에는 일단 국산 맥주가 최고다.
기본적으로 선호도가 높은 데다가 수입 맥주를 대접하기엔
가격의 압박을 무시할 수 없기 때문이다.
하지만 국산 맥주보다 더 저렴한 수입 맥주들이 있다면?
그것도 독일에서 만들어졌다면? 마다할 이유가 없을 것이다.
저가 수입 맥주들이 좋은 이유는 무엇보다도 종류의 다양성이다.
같은 브랜드여도 라거만 있는 것이 아니라
밀맥주, 흑맥주, 알코올 도수가 좀 더 높은 맥주 등 다양한 스타일로 제공되어
손님들이 입맛에 따라 골라 마실 수 있다.

손님상 외에도 사는 것이 부대끼고 주머니가 궁핍할 때
부담 없이 언니들의 냉장고를 빛내 줄 불멸의 용사들이니 알고나 있자.
돈이 없어도 언니들은 빛나야 하니까.

귀찮
기다려 이것들아~
맥주를 내놓아라
맥주를 달라

Bear Beer

(베어 비어 / 독일)

+ 홈플러스 맥주 코너를 서성이다 보면 꼭 한 번씩 만나게 되는 맥주가 있다. 북극곰이 그려진 깔끔한 디자인의 '베어 비어'.

'아니 뭔데 이렇게 싸게 팔지?'

궁금해서라도 한 번쯤은 손이 가는 바로 그 맥주. 쪼들리는 살림에 한 줄기 빛이 되어주는 질 좋은 '저렴이'이자 손님상에 내놓아도 부담 없고 색다른 맥주.

한 캔에 1,600원이라는 아주 저렴한 가격에 판매되고 있는 베어 비어는 일단 그 가격에 한 번 놀라고, 생각보다 훌륭한 맛에 다시 한 번 놀라게 되는 매력이 있다. 라벨의 색깔에 따라 스타일이 다양한데 개인적으로는 모두 괜찮게 먹었다.

하얀색: 밀맥주

초록색: 황금빛 라거

검정색: 검은 라거

alc. 5.0% vol. GERMANY
German Hefeweizen 500ml.
Darguner Brauerei (Harboe)
WHEAT BEER 5% alc. vol. WEIBBIER
BY APPOINTMENT TO
THE ROYAL DANISH COURT
HARBOE
IMPORTED
BEAR.©
BEER
WHEAT BEER
BEAR BEER
WHEAT BEER

L

(엘 / 독일)

+ 독일의 맥주 회사인 '웨팅어'와 롯데마트가 함께 기획하여 만든 맥주. 특히 노란색 캔의 'L Weizen'은 롯데마트만의 인기 상품이다. 롯데마트의 맥주 코너에서 맥주를 구경하고 있으면 카트에 L Weizen을 잔뜩 담아 가는 사람들을 보곤 한다. 괜찮은 바이젠 맥주를 이렇게 가격 부담 없이 마음껏 마실 수 있다는 것이 L 시리즈의 장점이다. 저렴하고 맛있는 밀맥주를 찾는 언니들에게 강추한다.

노랑색: 밀맥주

빨강색: 황금빛 라거

검정색: 검은 라거

IMPORTED FROM GERMANY
L WEIZEN
L WEIZEN is a wheat beer brewed according to the German purity law! Ingredients: water, wheat malt, barley malt, hop extract, yeast.
Beer. Content
℮ 500ml/50cl
Alc. 4,9% vol.
Brauerei zum Schwarzen Adler, D-91717
Wassertrüdingen / Germany
L WEIZEN
500ml
alc. 4.9% vol.
Brauerei zum
Schwarzen Adler
GERMAN WEIZEN
GERMANY

5.0
(5.0 / 독일)

+ 독일 본토에서도 정말 저렴하게 판매하고 있는 5.0은 우리나라 이마트에서도 국산 맥주보다 저렴한 가격으로 만나 볼 수 있다. '5.0'이라는 것은 맥주의 알코올 도수를 뜻한다. 이 맥주의 알코올 도수는 모두 5%대다. 우리나라에는 수입되지 않지만 독일에서는 거의 음료 수준인 '2.5'도 팔고 있다.
이마트에는 5.0 외에도 '윌리안브로이', '마튼즈', '담버거' 등 저렴한 벨기에 맥주들을 많이 판매하고 있으니 먹어 보고 입맛에 맞는 것을 찾아보자. 친구들과 모여 앉아 저가 맥주 시음회를 열어도 재미있겠다.

빨강색: 황금빛 라거(알코올 도수가 좀 더 높은 라거)

검정색: 황금빛 라거(기본적인 라거)

주황색: 밀맥주

5,0
ORIGINAL
Nur eine einfache rot-weiße Dose! Keine goldene mit aufwändiger Prägung! Nur eine simple Gestaltung! Keine teure TV-Werbung! Diese Ersparnis geht an Sie! Wir haben so gut wie an allem gespart! Außer an der Qualität des Bieres! 5.0 Original ist ein Exportbier, gebraut nach dem deutschen Reinheitsgebot! Zutaten: Wasser, Gerstenmalz und Hopfenextrakt! Setzen Sie Ihr Geld besser ein! Bezahlen Sie jetzt weniger für ein gutes EXPORT ohne Schnörkel!
5.0 Biervertriebs-GmbH Postfach 1337
38003 Braunschweig
5,0
500ml
alc. 5.2% Vol.
Brauerei
Braunschweig
(Oettinger)
Dortmunder
GERMANY

Oettinger Hefeweiss

(웨팅어 헤페바이스 / 독일 / 4.9%)

+ 광고를 전혀 하지 않는다. 회사에 마케팅 부서가 아예 없다. 가진 거라곤 심플한 홈페이지 하나가 전부이다. 그럼에도 불구하고 맥주 강국 독일에서 무려 2천 종의 맥주들을 제치고 매출 1위를 달성했다면? 이런 꿈같은 얘기가 가능한 걸까?
결론은 '가능하다'이다. 그걸 해낸 맥주가 바로 이 웨팅어다. 웨팅어는 마케팅과 중간 유통 단계를 없애고, 생산 설비를 첨단화시켜 생산비와 인건비를 절감하면서 맥주의 질은 높였다. 그리고 다른 맥주들에 비해 현저하게 낮은 가격과 뛰어난 품질로 까다로운 독일인의 입맛을 사로잡았다. '가격대 성능비 최고'라는 말은 바로 이 웨팅어를 두고 하는 말일 것이다.

+ 싸다고 무시하지 마라. 이래 봬도 괴테가 즐겨 마셨던 맥주이다. 맥주광이었던 괴테는 이탈리아로 여행 가는 길에 굳이 웨팅엔 지역에 머물며 웨팅어 맥주를 즐겼다고 한다. 그리고 돌아와서 남긴 책이 바로《이탈리아 기행》이다.

Gebraut nach dem Deutschen Reinheitsgebot
Original German Wheat Beer
Marke Original
OeTTINGER®
Hefeweißbier
Naturtrüb
SEIT 1731
NATURALLY CLOUDY WHEATBEER
DEUTSCHES HEFEWEIZEN · GERMAN WHEATBEER · BIRR
OeTTINGER®
NATURALLY CLOUDY WHEATBEER
500ml. alc. 4.9% vol.
OeTTINGER BIER GRUPPE
German Hefeweizen
GERMANY

Heineken keg

(하이네켄 케그 / 네덜란드 / 5.0%)

+ 저렴이는 아니지만, 하나만 사도 손이 후덜덜하다. 그러나 이거 한 통에 아주 부드럽고 정말 훌륭한 맥주 15잔이 나온다면? 한편에 놓아두기만 해도 보는 사람마다 탄성을 지르며 누구나 좋아하는 손님 접대계의 최고봉인 맥주가 있다면?
집에서 소중한 사람들에게 제대로 대접을 하고자 한다면 하이네켄 케그를 권해 주고 싶다. 가격이 좀 세긴 하지만 그 값어치를 하고도 남는다. 손님상의 품격을 높여 주고 분위기를 띄워 줄 맥주로 딱이다. 특히 수입 맥주에 대해 잘 모르는 사람들에게 대접하기엔 이보다 더 좋은 것이 없다. 아무리 맥주에 대해 문외한이어도 하이네켄을 모르는 사람은 없기 때문이다.
또한 오픈해도 30일 정도는 탄산이 빠지지 않고 신선함을 유지해 준다고 하니 남아도 걱정이 없다. 집에서 생맥주의 기분을 낼 수 있다는 것 또한 장점이다.

+ 하이네켄 케그를 오픈하면 초록빛 동그란 쇠항아리에서 맥주의 요정들이 뛰어나와 파르르 몸을 떨며 오감을 자극한다. 몽글몽글 하얗고 풍성한 거품이 마치 구름을 핥는 것 같은 기분이 든다. 단 한 모금에 터져 나오는 탄성. 자꾸자꾸 끌리는 마성. 같은 하이네켄이어도 병이나 캔과는 차원이 다르다.
예전에 한 통 사서 며칠 동안 혼자 야금야금 다 마셨던 아름다운 추억이 있다. 언니들도 도전해 보길 바란다.

10H
30
5L
20X
CLICK
DIPLOME D'HONNEUR AMSTERAM 1883
TRADE
MARK
Heineken
®
EST.
1873
MEDAILLE D'OR PARIS 1875
GRAND PRIX PARIS 1889
HORS CONCOURS MEMBRE DU JURY PARIS 1900
BARRIL DRAUGHTKEG LE FUT
HEINEKEN DRAUGHT KEG

병이나 라벨이 예쁜 맥주

남자들은 모르는 언니들만의 맥주 고르는 법!

바로 예쁜 병과 예쁜 라벨!

맛도 뭣도 모르지만 병이 예쁘거나 라벨이 예쁘면
괜스레 궁금하고 마셔 보고 싶다는 생각이 든다.
특히 맥주의 스타일을 읽을 줄 모르는 경우,
병이나 라벨의 디자인은 맥주를 고르는 데 중요한 기준이 되곤 한다.
여기 미적 감각이 뛰어난 언니들을 위해
보기도 좋고 맛도 좋은 맥주들을 소개한다.
내 남자를 외모로 선택할 수 없다면
맥주라도 외모 보고 선택해 보자.

CORON
ING CO.
Flemish Art of Brewi
RASPUTI
IMPERIAL ST
CELEBRATOR
DOPPELBOCK
RISCHES STARKBIER
Ayinger
CHESSE
URGOGN
JIRISAN
6.8% ABV
MOON BEAR
I·P·A
CRAFTWORKS TAPHOUSE
SEOUL · KOREA
HITACHINO NEST
WHITE ALE
A MO

Grolsch

(그롤쉬 / 네덜란드 / 5.0%)

+ 초록의 두툼한 병에 양각으로 새겨져 있는 이름과 문양, 병따개가 필요 없는 스윙톱 보틀. 수많은 맥주들 사이에서 단연 눈에 띄는 비주얼을 가진 '그롤쉬'는 마트 한구석에 서 있기만 해도 나 같은 호구 애호가들의 구매 욕구를 자극하여 기어이 '지름신'을 불러오는 마력을 지녔다.

그롤쉬 병은 몇 번이고 재사용할 수 있는 구조로 되어 있어서, 다 마신 후 세척하여 물병으로 쓰거나, 직접 내린 더치커피를 담거나, 참기름 병으로 쓰기에도 제격이다. 일명 엄마들이 좋아하는 맥주. 생각보다 꽉 맞물려 있기 때문에 외부 공기가 완벽히 차단된다는 점도 안심이다. 뚜껑이 열릴 때 나는 '뻥!' 소리도 유쾌하다.

하지만, 그만큼 뚜껑을 열고 닫을 땐 주의해야 한다. 특히 전날 네일케어를 받은 언니들이라면 조심하라고 경고해 주고 싶다. 잘못하면 손톱 나갈 수도 있기 때문이다. 난 여닫다가 매니큐어가 벗겨졌다.

+ 눈으로 보기에도 아름답고, 손으로 만져도 아름다운 그롤쉬는 그 맛도 아주 아름답다. 씁쓸하면서도 고소하고 경쾌하면서도 진한 맛. 아침 출근길 수많은 사람들로 가득 찬 지하철에서 유난히 눈에 띄던 한 사람의 얼굴처럼 자꾸 쳐다보게 되고, 문득 생각나게 하는 매력이 있다.

G
B
16
15
Grolsch
PREMIUM LAGER
-SINCE 1615-
16
15
Grolsch
450ml. alc. 5.0% vol.
Grolsch
Bierbrouwerij
Ned. (SAB Miller)
Premium Lager
NETHERLANDS
Grolsch 1615

Viru

(비루 / 에스토니아 / 5.0%)

+ 와! 뭔 맥주병이 이렇게 잘생겼어?! 이거 정말 맥주 맞나? 마트에서 처음 만난 그의 자태는 수많은 맥주병들 사이에서도 단연 빛이 났다. 단번에 눈에 뜨이는 우월한 미모.
뭐랄까. 체지방 3%에, 근육이 적당히 붙어 있는, 키 크고 잘생긴, 슬렌더 타입의 남자를 연상시킨다고나 할까. 운동으로 여문 마른 근육질 남자의 단단한 팔뚝 같은 맥주. 잠자고 있던 나의 에로틱한 변태심을 자극하는 우아하고 아름다운 8각의 병. 군더더기 하나 없이 심플한 푸른 라벨. 4면에 새겨진 우아한 V는 고급스러움을 증폭시킨다. 다 마시고 꽃병으로 쓰기에도 더없이 좋을 것 같다.
이 멋진 병의 디자인은 에스토니아에 있는 중세 시대 교회의 첨탑과 포탑을 본따서 만든 것이라 한다. 세계에서 가장 아름다운 맥주로 선정되기도 했다.

+ 생긴 것은 남성적인데 맛은 아주 가볍고 향긋하다. 가벼운 라거를 좋아하는 언니들이 맘에 들어 할 맥주다. 개인적으로는 눈으로 이미 만족스러워서인지 진한 라거를 좋아하는 편인데도 맛있게 마셨다. 자상한 미남을 만난 기분이 든다.

ESTONIA
VIRU
PALE
LAGER
300ml
alc. 5.0
BALTIC
BEER
COMPANY
% VOL.

Anderson Valley Boont Amber Ale

(앤더슨 밸리 분트 앰버 에일 / 미국 / 5.8%)

+ 언제부터인지 마트의 맥주 코너에서 종종 모습을 비치던 곰사슴 맥주. 어쩜 이렇게 라벨이 예쁠까. 수많은 맥주들 속에서 유독 눈에 뜨이는 쌈박한 라벨에 호기심이 발동해 카트에 담았다.
미국 캘리포니아 주에 위치한 '앤더슨 밸리'는 탐험가인 앤더슨이 부상당한 사슴을 쫓다가 우연히 발견한 계곡이다. 앤더슨이 계곡의 아름다운 장관에 반해 그곳에 정착해 살면서 앤더슨 밸리라는 이름이 붙게 되었다. 곰 그림은 캘리포니아의 독립운동을 주도했던 혁명가들이 사용하던 깃발에서 가져온 것인데, 여기에 앤더슨이 쫓던 사슴의 뿔을 더해 독특한 로고가 탄생하게 되었다. 이 모든 것을 하나의 그림으로 조화롭게 녹여낸 디자이너의 감각에 찬사를 보낸다.

+ '앤더슨 밸리 분트 앰버 에일'은 달콤함과 진득함, 고소함과 쌉쌀함이 잘 어우러진 맛있는 맥주이다. 꿀과 풀과 물이 잔뜩 묻은 곰의 손가락을 쪽쪽 빨아 먹는 기분. 가볍고 상쾌한 맛을 좋아하는 사람보다는 진득하고 고소한 맛을 좋아하는 사람에게 더 잘 어울릴 맥주이다.

ANDERSON VALLEY
355ml
USA
BREWING COMPANY
AMBER ALE
alc. 5.8% vol.
BOONVILLE . CA
BOONT AMBER ALE
ANDERSON VALLEY
BOONVILLE . CA
BOONT
AMBER ALE
Bahl Hornin
Since 1987

맛집에 가고 싶을 때

맛집은 가고 싶은데 돈도 없고,
같이 갈 친구도 없는 언니들.
혼자 거기까지 찾아가서 먹고 오자니
귀찮음이 소떼처럼 밀려오는 언니들.
여기 그런 언니들을 위한 맥주가 있다.

'맛'만으로 세계 맥주사에 한 획을 그은 맥주들.
다른 맥주들에 지대한 영향을 끼친 맥주들.
세계 맥주의 유행을 선도한 맥주들.
일명 '원조'라 불리는 맥주들을 소개해 본다.

본격, 집순이 언니들을 위한 원조 맛집 맥주 추천.

방구석에서도 얼마든지
원조 맥주의 영롱한 패기를 느낄 수 있으니
굳이 어디 나가려고 애쓰지 말자.
우리에겐 마트가 있다.

방구석
원조 맛집
캬캬캬
DRINK
BEER

Pilsener Urquell

(필스너 우르켈 / 체코 / 4.4%)

+ 필스너 우르켈은 세계 최초의 황금빛 맥주이자, 수많은 필스너 맥주들의 원형이며 본격 라거 시대의 서막을 알린 라거의 전설과도 같은 맥주이다. 맥주의 역사는 필스너 우르켈 전과 후로 나뉜다고 해도 과언이 아니다.

기존에 맥주라 하면 대부분 에일이었다. 하지만 필스너 우르켈 이후로 유행처럼 모두 라거를 선호하게 되었다. 필스너 우르켈이 이렇게 전설적인 맥주가 된 데에는 잇따른 우연과 필연, 변화하는 시대와 발전하는 기술의 영향이 컸다. 될 놈은 뭘 해도 되고, 될 맥주는 뭘 해도 되나 보다.

+ 1838년. 보헤미아 지방의 필젠이라는 도시의 사람들은 맥주 만드는 기술이 부족했다. 계속 질 낮고 형편없는 맥주밖에 만들지 못하던 시민들은 어느 날 길에 뛰쳐나와 맥주를 담은 오크통을 모두 부숴 버렸다. 맥주가 팔리지 않아 다 시어 버렸기 때문이었다.

맛있는 맥주를 갈망하던 시민들은 힘을 모아 시민 양조장을 짓고, 독일의 유명한 양조장인이었던 '요제프 그롤'을 초빙해 필젠만의 특별한 하면발효 맥주를 만들어 달라고 부탁했다. 요제프 그롤은 필젠 시민들의 요구에 맞춰 새로운 맥주를 만들기 시작했다.

1842년. 숙성을 마친 오크통을 여는 순간 사람들은 모두 깜짝 놀랐다. 눈부신 황금빛 맥주가 들어 있었기 때문이었다. 당시에 하면발효 맥주는 모두 검은색이었다. 당연히 검은 맥주가 있을 것이라 예상하고 오크통을 열었는데 영롱한 황금색 맥주가 들어 있으니 얼마나 놀랐을까. 사람들은 실패했다고 생각했다.

Pilsner Urquell
1842
IMPORTED
BREWED IN PLZEN CZECH
zal. V PLZNI 1842
Pilsner Bier
THE ORIGINAL PILSNER
100% CZECH
P.U.
PLZEŇ CZECH
THE ORIGINAL PILSNER
Pilsner Urquell®
Brewed in
PLZEŇ · CZECH
THE ORIGINAL PILSNER
330ml. alc. 4.4% vol.
Plzensky Prazdroj (SAB Miller)
CZECH REPUBLIC
CZECH PILSNER

하지만 반전은 맛을 본 뒤 일어났다. 진하고 중후한 기존의 맥주들과는 달리 너무나 부드럽고 상쾌한 맛이 그들을 맞이했기 때문이다. 실패라고 생각했는데 알고 보니 대성공이었다. 필젠은 축제 분위기였다. 사람들은 이 맥주가 필젠의 고유한 맥주라 하여 '필스너'라는 이름을 붙였다. 세계를 제패한 필스너 역사의 시작이었다.

필스너가 등장하고 얼마 되지 않은 1845년. 유리에 대한 세금이 철폐되며 값싼 유리 용기들이 등장하기 시작했다. 유리잔이 대중화된 것도 이때의 일이다. 유리잔의 대중화는 필스너의 인기에 큰 영향을 끼쳤다. 필스너의 아름다운 황금색을 영롱하게 보여주어 사람들이 필스너를 눈으로 감상할 수 있도록 도와주었기 때문이다. 덕분에 필스너는 나날이 인기가 높아지며 유럽 전역으로 뻗어 나가게 되었다. 철도의 발달도 한몫했다.

이뿐만이 아니었다. 1876년에는 냉동고가 발명되어 라거 맥주를 저장하는 데 더 이상 과도한 얼음이 필요하지 않게 되었고, 같은 시기 발표한 파스퇴르의 맥주 연구는 라거의 대중화를 과학적으로 도왔다.

이처럼 세상의 흐름은 라거의 시대가 도래했음을 알렸고, 이것은 필스너가 맥주 세계를 지배하도록 거들었다. 그리고 이렇게 에일의 시대는 막을 내렸다.

필스너가 이토록 인기를 끌자 독일의 양조업자들도 필스너의 개발에 열을 올렸지만 쉽게 만들어 내지는 못했다. 아이러니하게도 독일 사람이 개발한 맥주지만 독일에서 만들지 못한 것이다. 왜? 필젠 지방과 바이에른 지방의 물이 달랐기 때문이었다. 이 사실을 알아내는 데에만 무려 50년이 걸렸다. 결국 독일은 19세기가 끝날 무렵에서야 필스너 개발에 성공할 수 있었다.
독일이 이렇게 개발한 맥주를 또 필스너라고 부르자 필젠의 양조장은 격분하며 자신들 고유의 맥주 이름을 사용했다고 항의하는 소송을 걸었다. 하지만 재판관은 필스너가 '맥주 이름'이 아니라 '맥주의 한 종류'를 지칭하는 고유명사라 판단 내리고, 필젠 측은 소송에서 패하게 된다. 그러자 필젠의 필스너 양조장은 자신들의 브랜드에 '원조Original' 라는 뜻의 '우르켈'을 붙여서 '필스너 우르켈' 즉 '필스너의 원조'라는 이름을 짓기에 이른다. 최초의 필스너라는 자부심과 긍지의 표시였다.

20세기에 들어서는 너도나도 필스너 개발에 열을 올렸고, 그 결과 오늘날 필스너는 세계에서 가장 대중적인 맥주 스타일이 되었다.

+ 필스너 우르켈은 이러한 모든 필스너 맥주들의 원조인 만큼 맛도 아주 훌륭하다. 코끝에는 향기가 만발하고 입안에는 풍미가 작렬한다. 촘촘하고 부드러운 거품과 알싸하고 풍부한 맛이 목젖까지 느껴진다. 비 내린 밤의 프라하 거리처럼 우아하고 아름다운 맛. 카를교의 성인들이 벌떡 일어서서 한 잔 달라고 아우성칠 만큼 세련되고 고급스러운 맛이 혀 위에 쏟아진다.

언제 먹어도 좋은 맥주. 누구에게 추천해도 자신 있는 맥주.

※ Pils, Pilsner, Pilsen 모두 같은 뜻이다. 일반 라거보다 좀 더 쌉쌀한 맛이 난다.

Budejovicky Budvar

(부데요비츠키 부드바르 / 체코 / 5.0%)

+ 맥주 좀 마셔 본 사람들이라면 누구나 최고로 꼽는 라거가 있다. 별처럼 많은 라거들 중에서도 가히 최고라 불리는 라거. 라거 중의 라거. 바로 체코 맥주인 '부데요비츠키 부드바르'다.
이름이 많이 어렵고 생소할 것이다. 체코식 이름이라 그렇다. 하지만 이 맥주의 독일식 이름을 듣는다면 금새 친근감이 느껴질 것이다. 모르는 사람이 없을 테니까.
이 맥주의 독일식 이름은 바로 '버드와이저 부드바르'다.

"아니, 이봐요. 작가 언니. '버드와이저'라니? 이건 너무 유명한 이름이잖아요?"

그렇다. 버드와이저는 세계에서 가장 많이 팔리는 미국의 맥주이다. 그리고 그 버드와이저의 원조가 된 맥주가 바로 이 '버드와이저 부드바르'다. 현재 두 맥주는 '버드와이저'라는 공통된 이름 때문에 서로 기나긴 상표권 분쟁을 벌이고 있다. 두 맥주가 같은 이름을 가지게 된 발단은 이러하다.
미국의 양조 기술자인 '아돌프 부쉬'는 여행 중에 체코의 버드와이즈 지방에서 만들어진 맥주 버드와이저를 먹고 그 맛에 반해 버렸다. 수소문 끝에 제조법을 배운 그는 미국으로 돌아가 맥주를 만들어 판매하기 시작했는데 문제는 여기서 발생했다. 완성된 맥주의 이름을 체코와 똑같이 버드와이저라고 지은 것이다. 심지어 그 이름을 그대로 상표로 등록해 버렸다. 1878년의 일이었다.

체코의 버드와이저는 무려 1265년부터 만들어져 오랜 역사와 긴 전통을 가진 맥주였다. 워낙에 오래되고 유명한 맥주라 이름을 상표로 등록해야 한다는 생각도 못 했을 것이다. 하지만 미국에서 버드와이저라는 이름으로 먼저 상표를 등록해 버리자 갑자기 난감한 상황이 벌어졌다. 자칫 수백 년 동안 사용해 온 이름을 더 이상 쓰지 못할지도 모르는 상황에 이르게 된 것이다.

그리하여 두 맥주는 버드와이저라는 이름을 놓고 상표권 분쟁을 시작했고 현재 전 세계에서 100건이 넘는 소송을 진행하고 있다. '먼저 이름을 만들어 사용한 것이 우선이냐' 아니면 '먼저 상표를 등록한 것이 우선이냐'가 이 분쟁의 쟁점이다.

나라별 소송의 결과에 따라 '버드와이저'라는 이름을 사용할 수 있는 권한이 갈렸기 때문에 미국의 버드와이저와 체코의 버드와이저는 나라마다 다른 이름으로 판매하게 되었고, 결과적으로 한 맥주가 여러 가지 이름을 가지게 되는 웃지 못할 상황에 놓이게 되었다.

우리나라에서도 8년에 걸친 기나긴 소송 끝에 체코의 버드와이저가 승소했다고 하는데 어찌 된 영문인지 마트에서는 '버드와이저 부드바르'가 아니라 '부데요비츠키 부드바르'로 판매되고 있다.

아직 많은 나라에서 두 맥주의 소송은 여전히 진행 중이며 결과에 따라 희비가 엇갈리고 있다. 이 와중에 미국 버드와이저 측의 엄청난 합병 제의를 거부하고 여전히 훌륭한 맛으로 꿋꿋하게 제자리를 지켜 나가고 있는 부드바르 맥주가 감사할 뿐이다.

+ 소위 맥덕이라 불리는 사람들에게 단 하나의 라거를 추천해 달라고 하면 이 맥주를 골라 주곤 한다. 본격 덕후들이 인정한 맥주.

언니들, 이게 바로 원조 맛집이다. 직접 먹고 음미해 보길 바란다. 미국 버드와이저와 함께 비교해서 마셔 봐도 좋을 듯하다. 차이를 느껴 보자.

Budu
Budweiser
Budweiser
KING OF BEERS.
Brewed by our original all natural process using the Choicest Hops, Rice and Best Barley Malt
330ml
PALE LARGER.
330ml.alc.5.0%Vol.
AB-InBEV USA.

weiser
Budvar
LET
YEARS
JAHRE
120
ANNEES
ЛЕТ
Budějovický Budvar
B:ORIGINAL
Czech Imported Lager
CZECH BREWED
CZECH PILSNER.
alc.5.0% Vol. 330ml.
Budějovický Budvar.
CZECH REPUBLIC

우리나라 맥주도 좀 추천해 줘

넘쳐 나는 세계 맥주들 속에서
고군분투하고 있는
우리나라 맥주를 소개해 본다.

우선, 대량생산 체제의 뻔한 라거가 아니라
젊고 다양하며 패기 넘치는
국산 맥주를 마셔 보고 싶다면 중심가로 나가 보자.
서울의 이태원 경리단길을 비롯해 지방 대도시의 중심가에는
나름의 레시피로 만들어 파는 크래프트 맥줏집들이 있다.

하지만 거기까지 갈 여건이 되지 않거나
외출이 귀찮은 집순이 언니들이라면 마트에서
새로운 국산 맥주를 찾아보자.
찾아보면 다 있다.

토불이

7bräu India Pale Ale

(세븐브로이 IPA / 한국 / 4.2%)

+ 대한민국을 대표하는 중소기업 양조 브랜드, 세븐브로이.
중소기업 맥주라니 아마 생소할 것이다. 그렇다. 우리나라에는 대기업 맥주뿐 아니라 중소기업 맥주도 있었다. 몰라서 못 마셨을 뿐이다. 생소한 언니들을 위해 간략하게 소개해 보겠다.
강원도 횡성에 위치한 세븐브로이는 기존의 대기업 맥주들보다 더 고급스럽고 다양한 맥주들을 만들었지만 당장 판매할 곳이 없었다. 중소기업에게 유통과 마케팅의 벽은 높았다. 그래서 일단 이태원의 펍에서 외국인들을 상대로 판매하기 시작했다. 결과는 성공이었다. 맥주가 점점 입소문이 나면서 세븐브로이를 찾는 사람들이 늘어나게 된 것이다.
세븐브로이 맥주는 이태원과 경리단길을 비롯하여 강남, 신촌 등으로 뻗어 나갔고, 현재는 국내 굴지의 마트들을 비롯하여 백화점과 편의점 등에서도 만날 수 있게 되었다. 이미 견고하게 성을 이룬 대기업 맥주들과 매일같이 새롭게 쏟아져 들어오는 굵직굵직한 수입 맥주들 사이에서 나란히 어깨를 견주게 된 것이다.
세븐브로이가 우리나라 맥주 시장에 주는 의의는 크다. 일단 소비자들에게 다양한 맥주를 제공해 선택의 폭을 넓혀 주었다. 그리고 앞으로 생겨 날 제2, 제3의 중소업체들에게 소중한 이정표를 제시해 주었다. 중소기업 맥주의 선구자로서 가지는 고민과 고뇌, 어려움이 많을 것이다. 그럼에도 불구하고 귀중한 한 발을 내딛은 세븐브로이의 모험과 도전이 그저 감사할 뿐이다.

+ 세븐브로이 IPA는 향긋하면서 알싸하고 산뜻하다. 알코올 도수가 낮고, 쓴맛이 강하지 않아 IPA 맥주를 처음 접해 보는 초보자들에게 권해 주고 싶다. '우리나라에도 이런 맥주가 있었네?'라는 생각에 놀랄 것이다.

7bräu
Bring the bar home
IPA
INDIA PALE ALE
355ml
alc. 5.5% vol.
7bräu
KOREA
India Pale Ale
(IPA)
7bräu
INDIA PALE ALE

Queen's Ale Blonde Type
(퀸즈 에일 블론드 타입 / 한국 / 5.4%)

+ 처음 마트에서 이 맥주를 보고 나는 깜짝 놀랐다. 라거밖에 없던 국산 맥주 시장에 드디어 에일 맥주가 나왔기 때문이었다. 정말 기쁘고 흥분되었다. 무슨 맛일까 너무 궁금했다. 그래서 그 자리에서 용감하게 6개들이 한 묶음을 카트에 집어넣었다.
그렇게 마신 '퀸즈 에일 블론드 타입'은 정말 맛있었다. 다른 에일 맥주들은 먹다 보면 질려서 많이 못 마시는데 퀸즈 에일은 질리지 않아서 좋았다.
사람들이 생소하다고 안 사 먹어서 금방 들어가 버리면 어쩌나. 만들어 봤자 안 팔린다고 맥주회사들이 새로운 맥주를 더 이상 안 만들면 어쩌나. 괜한 걱정을 사서 하며 한동안 정말 열심히 이 맥주를 사서 마셨던 기억이 난다.
새로운 국산 맥주를 찾는 언니들, 가볍고 향긋하게 벌컥벌컥 마실 수 있는 에일 맥주를 찾는 언니들에게 더없이 좋을 듯하다.

+ 영국의 엘리자베스 1세 여왕은 아침마다 물 대신 에일 맥주를 마셨다고 한다. 퀸즈 에일은 거기서 착안된 이름이다. 보통 라거보다 진하고 향긋하다. 대중적인 인디밴드 같은 느낌. 마시기 편하다.

※ Queen's Ale Extra Bitter Type은 좀 더 쓴맛이 강조되었다.
※ 퀸즈 에일처럼 가볍고 산뜻하게 마실 수 있는 에일 맥주로는 짙은 푸른색 라벨의 독일 맥주인 'Gaffel Kölsch(가펠 쾰시)'가 있다.

퀸즈에일
하이트진로
대한민국
페일에일
알코올 농도
오점사
블론드 타입
SINCE 1933
Blonde type
Premium Pale Ale
BLONDE TYPE
QUEEN'S ALE
5.4%
Queen's Ale is Queen of Ale, loved by all customers

Premier OB Weizen

(프리미어 오비 바이젠 / 한국 / 5.0%)

+ 얼마 전 마트에 갔다가 내 눈을 의심했다. 오비에서 바이젠이 나왔기 때문이다! 국산 브랜드로 최초의 바이젠은 이미 중소기업인 세븐브로이에서 내놨지만 그래도 대기업에서 바이젠이 나오니 이 또한 반가웠다. 드디어 우리나라 맥주도 스타일이 다양해지려나 보다. 하지만 반가움도 잠시. 걱정이 앞섰다.
솔직히 말해서 바이젠은 이미 너무 많다. 밀맥주를 아는 사람들은 이미 굵직굵직한 독일 바이젠들을 모두 마셔 보았을 것이다. 이러한 상황에서 오비 바이젠이 살아남을 수 있을까? 기본은 갖추고 있을까?
나는 맥주 덕후도 아니고, 맥주를 분석하며 마시는 사람도 아니고, 그저 맛있으면 장땡인 '허접한' 일반 유저지만 오비 바이젠은 조금 냉정하게 맛보기로 했다. 초보자보다 조금 나은 수준인 내 입맛조차 통과하지 못하면 큰일이라는 생각 때문이었다.

+ 결론부터 말하겠다. 놀랐다! 풍부한 바닐라 향과 바나나 향, 입에 쩍 들러붙는 밀맥주 특유의 고소하고 달콤한 맛. 거품도 아주 부드럽고 거품 유지력도 훌륭했다. 혀끝에 남는 누릿누릿한 잔향이 '정말 독일식 밀맥주 맞네'라는 생각이 들게 했다. 개인적으로 정말 맛있게 먹었다. 만족스러웠다. 다행이었다.
부드럽고 달콤하고 향긋한 밀맥주를 좋아하는 언니들이라면 언제든지 도전해 보아도 좋겠다.

※ 최근에는 흑맥주인 '프리미어 오비 둔켈'도 출시되었다. 국산 맥주도 점점 다양해지고 있다. 만세!

프리미어
오비 바이젠
Weizen
alc.5
%Vol.
SINCE 1983
Brew master selection
SPECIAL BREWMASTER SELECTION
SINCE 1983
OB
premier
Weizen
프리미어 오비 바이젠 맥주
AUTHENTIC PREMIUM WHEAT BEER 500ml
오비맥주
대한
독일식 밀맥주
민국

그냥 일상에서

특별한 일이 없어도 맥주는 늘 곁에 있다.

치킨 시켜 놓고 한 입.
TV 보면서 한 입.
인터넷 하면서 한 입.
책 읽으면서 한 입.
작업하면서 한 입.
목말라서 한 입.
출출해서 한 입.
게임 하면서 한 입.

일상에서 한 병씩, 한 캔씩
아무렇지도 않게 꺼내 마신다.
딱히 무슨 이유가 있어서가 아니다.
그냥 거기에 맥주가 있으니까 마시는 거다.
그러하다.

MILK
MILK
BECK
BECK'S
• Wheat Beer • Weissbier
PREMIUM LAGER SINCE 1615
PAULANER
MÜNCHEN
PAULANER
Oktoberfest Bier
Pilsner Urquell.

언니들을 위한
엘레강스한
마트 안주 추천
번데기
고향만두
1등
MARGHERITA
PIZZA
마르게리타 피자
Belcube
CHEESE SPREAD
15 cubes
오징어 버터구이
국내산
bibigo
비비고
남도떡갈비
양반
양반 김

홈런볼
Premium
오리온
포카칩
onion
10% 더드립니다!
Pulmuone
올바른
샐러드
maniker
치킨너겟
텐더
Chicken
Nuggets
Tender
쥐치포
질러
깜놀
Johnsonvills
SMOKED BRATS
CURED COOKED &
SMOKED BRATWURST

동원
냉동감자
辛당동
元祖
떡볶이
믹스파티
맥스봉
삼포
황도
CJ
숯불
닭강정
PREMIUM
ORIGINAL
BROWNIE
FRESH
오리지널
브라우니

3분
햄버거스테이크
하림
치즈스틱
370g
자갈치
문어맛
CROWN
new
Seasoned Dried Pollack
크래미
크래미
Round
NACHO
CHIPS
쇠고기
육포
Beef
Jerky

安城湯麵
안성탕면
PEACOCK
SWEET & SALT POPCORN
스윗 & 솔트 팝콘
그린 자이언트
니블렛
포차
옛날 김말이
새우깡
고추참치
동원
DONG WON
고추참치
HOT PEPPER TUNA
전기구이
진미오징어
정화식품(주)
동원 수제 치즈돈까스

PHILADELPHIA
Cheesecake
NEW!
STORE FROZEN
Classic
New York Style
Gelateria Italiana
PRODUCT OF ITALY
TIRAMISU' CAKE
롯데비엔나
Pulmuone
생가득
바로조리
국물 떡볶이
꿀꽈배기
Sweet & Delicious
냠냠
싫지롱~
나도
나도

보리 보리

매일 맥주를 마시다 보니 몸에 이상한 일이 생겼다.

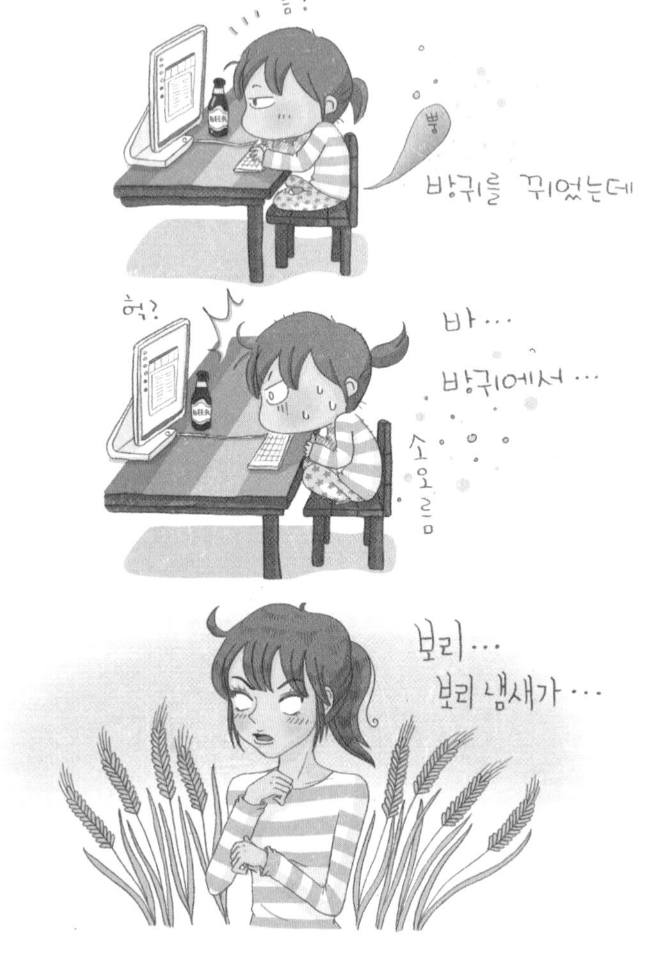

음?
뿡
방귀를 뀌었는데
헉?
바…
방귀에서…
소오름
보리…
보리 냄새가…

하아품~
기지개를 켜는데
응냥냥냥~
음?
킁킁
겨…
겨드랑이에서
보리…
보리 냄새가…

ㅋㄷㅋㄷ
응가를 하는데
어랏
응…
응가에서…
보리…
보리 냄새가…

언니는 맥주를 마신다

05

김빠진 맥주 써먹기

손님상을 치르고 나면 집에 꼭 먹다 남은 맥주가 생긴다.
때론 쟁여 두고 잊어버려 유통기간이 지난 맥주가 발생하기도 한다.
그냥 버리자니 왠지 아깝고 먹자니 김이 다 빠져서 손이 가지 않는 남은 맥주들.
'와, 나 이거 어떡하냐' 싶은 언니들을 위한 구휼 코너.

긴급 서비스!
남은 맥주 해결해 드립니다~!

이 코너를 독파하고 나면
더 이상 남은 맥주로 고민하는 일이 없어질 것이다.
남은 맥주 알차고 옹골지게 잘 써먹어
진정한 '맥주퀸'으로 거듭나자.

벌레 쫓을 때

야외에서 모기나 파리, 벌 등이 성가시게 굴 때
맥주를 컵에 담아 근처에 두면 맥주 안에 있는 당분이
벌레들을 유인해 나를 성가심의 늪에서 해방시켜 준다.
단, 벌레가 빠진 맥주를 무심코 마시지 않도록 주의할 것.
예상치 못한 건더기가 씹힐 수 있다.
단백질은 많겠지만 기분상 그리 권하고 싶지 않다.

고기 재울 때

돼지고기를 양념에 재울 때 와인만 좋은 것이 아니다.
돼지고기에 맥주를 붓고 한 시간 정도 두면 알코올이 증발하면서
돼지고기 특유의 누린내가 사라지고 육질도 부드러워진다.
맥주 삼겹살에 도전해 보자.
또, 집에서 간단하게 수육을 만들 때에도 아주 유용하다.
월계수 잎이니 마늘이니 생강이니 하나도 없을 때 맥주 하나만 있으면 끝이다.
물 대신 맥주를 넣고 고기를 삶으면 간단하게 부드럽고 맛있는 수육이 완성된다.
혼자 사는 자취생 언니들이 해 먹기 좋은 방법이다.

생선 비린내 제거

생선 요리를 할 때 김빠진 맥주에 생선을
5분 정도 담가 두면 비린내가 제거된다.
생선 조림을 하거나 매운탕을 끓일 때도 맥주를 한두 스푼 넣어 주면 비린내가 사라진다.
청주 대신 사용하면 된다.

튀김 요리 할 때

튀김 요리를 할 때 차가운 맥주와 물을 1:1로 섞어서
튀김 반죽을 만들면 튀김이 훨씬 바삭바삭해진다.
기름에 튀기는 동안 알코올은 모두 증발되기 때문에
아이들 간식을 만들 때 활용해도 좋다.

가구 닦을 때

부드러운 천에 맥주를 적셔 목제 가구를 닦아 주면
가구에서 광택이 난다. 목제 가구를 닦아 광을 내고
색을 선명하게 만들어 주는 데에는 김빠진 맥주가 최고라고 한다.

가죽 소파 닦을 때

나처럼 저렴한 레자 소파를 쓰는 사람이야 대충 물티슈로 슥슥 닦아도 문제없지만,
고급스러운 가죽 소파를 가진 언니들은 행여나 가죽이 얼룩질까 봐, 색이 변할까 봐,
광택이 죽을까 봐 청소할 때 신경 쓰이는 부분이 많을 것이다.
이때 가죽 소파 전용 클리너를 구입해 사용해도 되겠지만, 김빠진 맥주로도
클리너 '비스무리한 효과'를 낼 수 있으니 시도해 보자.
부드러운 천에 맥주를 적셔 꾹 짠 뒤 소파를 닦으면
먼지와 얼룩도 제거되고 광택도 살아난다.
가죽 가방이나 지갑, 벨트 등에도 활용할 수 있다.
맥주 향이 나긴 하지만 금방 날아간다.

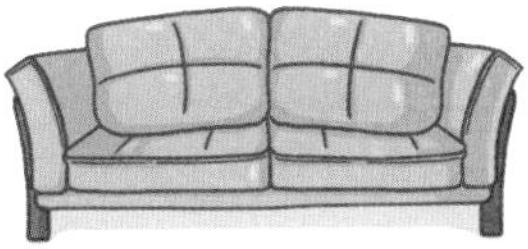

화초 잎 닦을 때

이왕 가구 닦고 소파 닦느라 천에 맥주를 적셨으면
그걸로 화초 잎도 한번 닦아 보자. 노력대비 효과 최고다.
화초 이파리에서 번쩍번쩍 광이 난다.
잠깐 사이에 엄청나게 싱싱해진 것 같은 느낌을 받을 것이다.
식물은 대부분 잎의 뒷면으로 호흡하기 때문에
잎의 뒷면까지 닦아 줘야 한다.

주방 청소할 때

주방이란 신기하다. 매일 닦아도 기름때가 쌓이고 곰팡
이가 핀다. 배수구에서 악취는 왜 자꾸 나는 건지. 게다가
이렇게 쌓인 기름때와 묵은 때는 제거하기가 더 어렵다.

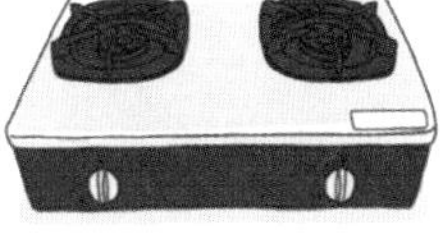

화학제품이나 락스를 써서 박박 닦아도 깨끗한 건 그때뿐.
락스를 자주 사용하려니 환경문제도 그렇고 위생적으로도 신경 쓰인다.
바로 이럴 때! 김빠진 맥주가 있다면 고민 끝!
주방 벽이나 가스레인지, 환풍기 등에 때가 꼈을 때
마른행주에 맥주를 적셔 닦아 주면 잘 닦인다.
너무 질겨서 잘 안 닦이는 때가 있다면 맥주에 담가 불린 뒤 닦아 주면 된다.
맥주에 담그기 어려운 경우 키친타올에 맥주를 적셔 잠시 붙여 놓았다가 문지르면 쉽게 닦인다. 또한 싱크대 배수구에서 악취가 날 때도 맥주를 부어 놓으면 악취가 싹 사라진다. 화장실 배수구에서 악취가 날 때에 사용해도 효과가 좋다.
알코올이 소독 효과를 줘서 위생에도 좋다.

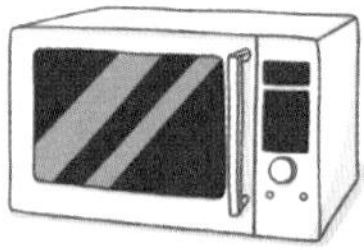

전자레인지 청소할 때

전자레인지 내부를 청소할 때 넓은 접시에 맥주를 담아 레인지에 넣고 3~4분 정도 돌려 준 뒤 레인지를 닦으면 때가 말끔하게 사라진다. 수증기가 증발하면서 내부의 때를 불려 주는 효과가 있다.

냉장고 청소할 때

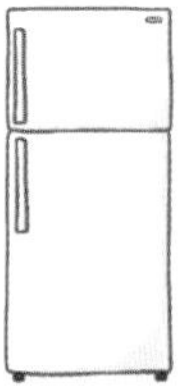

마른행주에 맥주를 적셔서 냉장고를 닦으면 물 자국이나 손자국, 음식 자국, 찌든 때까지 모두 말끔하게 닦이고, 냄새까지 잡힌다.
냉장고 외부는 깨끗한데 내부 잡냄새만 심한 경우 컵에 맥주를 따라 냉장고 안쪽에 넣어 주면 천연 탈취제 역할을 한다.
진짜 냄새가 싹 빠진다.

유리창이나 거울을 닦을 때

이쯤 되면 정말 청소의 끝판왕이라 불러야 마땅할 듯하다.
맥주란 맛있게 마시기만 하면 그만인 줄 알았는데 남은 맥주를 활용할 수 있는 곳이 이렇게 무궁무진할 줄이야. 도대체 집 안 구석구석 쓰이지 않는 곳이 없다. 그야말로 아낌없이 주는 맥주이다.

맥주 하나 있으면 가구부터 주방, 유리창, 거울까지 올 킬이다.
맥주로 유리창을 닦으면 맑게 투명하게 자신 있게 청소 끝이다.

목욕할 때

목욕할 때 욕조에 맥주를 부어 주면 맥주의 효모 성분이 피부 노폐물을 없애 주는 역할을 해서 각질 제거에 도움이 되고 피부도 부드러워진다. 김빠진 맥주를 입욕제 대신 사용해 보자. 진정한 맥주 마니아라면 맥주로 목욕은 해봐야지. 단, 냄새는 그리 좋지 않다.

세수할 때

세안 마지막 단계에서 맥주를 얼굴에 바른 뒤 두드려 흡수시키고 물로 헹구면 얼굴이 촉촉해지고 다음 날 화장도 잘 먹는다. 맥주에 꿀을 섞어 꿀맥주 팩을 만들어 발라도 좋다.

머리 감을 때

샴푸로 머리를 감고 마지막 단계에서 맥주를 뿌려 주면 두피 진정과 비듬 제거, 각질 제거에 탁월한 효과를 얻을 수 있고, 머릿결도 부드러워진다.
맥주의 효모 성분이 두피와 모발의 건강에 도움을 준다.
맥주 성분이 두피와 모발에 흡수될 때까지 잠시 둔 뒤 미온수로 헹구면 끝. 마지막에 미온수로 헹궈 내지 않으면 머리카락이 스프레이를 뿌린 것처럼 딱딱하게 굳으니 조심한다.
그 효과를 노리고 싶다면 헹구지 않아도 좋다.

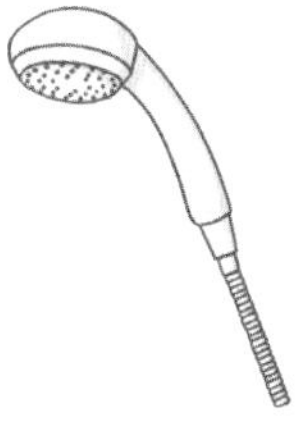

취향의 발견

맥주는 정말 신기해.
같은 스타일의 맥주여도
맛이 서로 제각각 전부 달라.

같은 바이젠이어도
파울라너와 에딩거는
맛이 서로 다르지.
밸러스트 포인트
심지어는 같은 회사에서
만드는 IPA가
이름따라 맛이 다른 경우도 있어.
스컬핀 vs 빅아이

또, 보통 흑맥주는 써서 싫다고 하지만
'코젤'이나 '민타임 초콜릿 포터'처럼
달달한 흑맥주도 있지.

이거뭐야
우와~

그래서 내가 '정확하게 어떤 맥주를 좋아하는지'는
본인이 이것저것 모두 직접 먹어 봐야 알 수가 있어.

음~
난
과일 향이 나는
향긋한
맥주가 좋아~
난 역시
진득-하고
깊은 맛이 있는
맥주가…

이 책에서 소개해 주는 맥주들을 쭈욱 마셔 보면
내가 어떤 스타일, 어떤 맛을
좋아하는지를 알게 될 거야.
취향을 발견하는 거지.

나 같은 경우엔
상쾌하고 씁쓸한 맛이
좋더라구~
개인적으로
가장 즐겨 마시는 맥주는
필스너 우르켈과
산토리야~
냉장고에 항상
쟁여 놓지 ㅋㅋㅋ
없으면 허전해~

이처럼 내 취향을 알게 되면
이제 더 이상 맥주 코너에서
헤매지 않아도 될 테고

전에 레페 블론드를
맛있게 먹었으니까
이번엔 다른
블론드 에일을 마셔 볼까?
호오~!!

언니의 맥주 라이프는 더더욱 즐거워지겠지.

벨기에식
밀맥주를
몽땅 쓸어 담겠다~
난 이번주는
기네스 위크다~
다섯 병 만 원 오예~
MART
MART

물론 아무리 훌륭한 맥주라 하더라도
언니 입에 맞지 않을 수 있고
이것저것 다 마셔 봤는데 결론은 '카스'일 수도 있어.

그 어떤 결과가 나와도 괜찮아~
무얼 좋아하든 상관없어~
중요한 건 언니가 취향을 발견했다는 거니까~

이 책이 언니의 맥주 여정에 도움이 되었으면 좋겠어~

BEER ROAD
꺄~
꺄~
꺄~

언니의 명랑한 맥주 생활을 기대할게 !!!
언니들~! 모쪼록 우리 잘 먹고, 잘 마시고 건강하게 살자~♥
먹고 살 좀 찌면 어때~ 즐거우면 그만이지 ㅋㅋ
BRAVO BEER LiFE

SPECIAL THANKS TO
맥주장이
류강하
인사동 슈가맨
보스 이인기
2층 오빠
장명재

마트를 헤매는 언니들을 위한
코믹 발랄 초공감 맥주 가이드

언니는 맥주를 마신다。

초판 1쇄 발행 2016년 1월 30일
6쇄 발행 2017년 8월 20일

지은이 윤동교
감 수 류강하

발행인 이선애
디자인 김보형
교 정 채규리
발행처 도서출판 레드우드
출판신고 2014년 7월 15일 (제25100-2014-000048호)
주소 서울시 강남구 밤고개로 26길 50 강남한신휴플러스 607동 202호
전화 070-8804-1030 **팩스** 02-379-8895
이메일 redwoods88@naver.com
블로그 blog.naver.com/redwoods88

값은 뒤표지에 있습니다.
ISBN 979-1195332465 03810

당신의 상상이 한 권의 책이 됩니다.
지혜를 나눌 분은 원고와 아이디어를 redwoods88@naver.com으로 보내 주세요.

《언니는 맥주를 마신다》 독자 북펀드에 참여해 주신 분들(가나다순)
강문숙, 강부원, 강영미, 강영애, 강은희, 강주한, 강태진, 김기남, 김기태, 김병희, 김봉원, 김성기, 김수민, 김숙자, 김인겸, 김재철, 김정환, 김주현, 김중기, 김태수, 김현승, 김현철, 김형수, 김혜원, 김희곤, 나종생, 나준영, 남요안나, 노진석, 류다현, 류은하, 박근하, 박나윤, 박무자, 박순배, 박슬아, 박연옥, 박준일, 박지선, 박진순, 박진영, 박진영, 박혁규, 박혜미, 서가영, 서슬기, 설진철, 손수영, 송덕영, 송주형, 송화미, 신민영, 신승준, 신정훈, 심란희, 안진경, 안진영, 오재권, 원성운, 유성환, 유승안, 유인환, 이경희, 이만길, 이상훈, 이수진, 이수한, 이승빈, 이연주, 이준성, 이하나, 임원경, 임융창, 장경훈, 전미혜, 정민수, 정영미, 정원택, 정윤희, 조민희, 조승주, 조은수, 조정우, 조진우, 최경호, 최민경, 최영기, 최현영, 탁안나, 한민용, 한성구, 한승훈, 함기령, 현동우

Budejovický Budvar
Asahi
INDICA
Heineken
SINGHA
RIJK DEGUSTATIEBIER
7bräu
INDIA PALE ALE
1664
BLANC
San Miguel
CHIMAY
Carlsberg
DAB
Pilsner Urquell
BECK'S
Warsteiner
EINE KÖNIGIN UNTER DEN BIEREN
SAMUEL ADAMS
BOSTON LAGER
PAULANER Salvator
Doppelbock
BIRRA ITALIANA
Duvel
STELLA ARTOIS
SUNTORY
The PREMIUM MALT'S
EFES
Kozel
NEWCASTLE BROWN ALE
ERDINGER WEISSBRÄU
Estrella Damm
BARCELONA
PAULANER MÜNCHEN
GRIMBERGEN
OB premier Weizen
TAP 5
MEANTIME
VICTORIA BITTER
VB
TSINGTAO
SINGHA
Asahi
San Miguel
INDICA
RED DOG
RIJK DEGUSTATIEBIER

Budejovický Budvar
INDICA
Edelweiss
Asahi
SINGHA
RIJK DEGUSTATIEBIER
Heineken
7bräu.
INDIA PALE ALE
1664
BLANC
San Miguel
CHIMAY
Carlsber
DAB
Tanger
WEIZEN
Pilsner Urquell.
BECK'S
Warsteiner
EINE KÖNIGIN UNTER DEN BIEREN
QUEEN'S
ALE
SAMUEL ADAMS
BOSTON LAGER
BIRRA ITALIANE
PAULANER
Salvator
Doppelbock
Duvel
STELLA ARTOIS
SUNTORY
The PREMIUM MALT'S
SUNTORY PILSNER BEER
EFES
Kozel
DARK
NEWCASTLE
BROWN ALE
ERDINGER
WEISSBRÄU
Estrella
Damm
BARCELONA
PAULANER
MÜNCHEN
GRIMBERGEN
OB
premier
Weizen
TAP 5
MEANTIME
VICTORIA BITTER
VB
SINGHA
TSINGTA
Asahi
San Miguel
RED DOG
RIJK DEGUSTATIEBIER

Budejovický Budvar
INDICA
BREWING
Asahi
Heineken
SINGHA
RIJK DEGUSTATIEBIER
7bräu
INDIA PALE ALE
1664
BLANC
San Miguel
CHIMAY
Carlsberg
DAB
WEIZEN
Pilsner Urquell
BECK'S
Warsteiner
EINE KÖNIGIN UNTER DEN BIEREN
SAMUEL ADAMS
BOSTON LAGER
STELLA ARTOIS
BIRRA ITALIANA
PAULANER
Salvator
Doppelbock
Duvel
SUNTORY
The PREMIUM MALT'S
EFES
Kozel
NEWCASTLE
BROWN ALE
ERDINGER
WEISSBRÄU
Estrella
Damm
PAULANER
MÜNCHEN
GRIMBERGEN
premier
Weizen
TAP 5
MEANTIME
VICTORIA BITTER
VB
TSINGTAO
SINGHA
Asahi
San Miguel
INDICA
RED DOG
RIJK DEGUSTATIEBIER

Budejovický Budvar
INDICA
Edelweiss
Asahi
SINGHA
RIJK DEGUSTATIEBIER
Heineken
7bräu
INDIA PALE ALE
1664
BLANC
San Miguel
CHIMAY
DAB
WEIZEN
Pilsner Urquell.
BECK'S
Warsteiner
EINE KÖNIGIN UNTER DEN BIEREN
SAMUEL ADAMS
BOSTON LAGER
BIRRA ITALIANA
PAULANER
Salvator
Duvel
STELLA ARTOIS
SUNTORY
The PREMIUM MALT'S
SUNTORY PILSNER BEER
EFES
Kozel
DARK
Estrella
Damm
BARCELONA
NEWCASTLE
BROWN ALE
ERDINGER
WEISSBRÄU
PAULANER
MÜNCHEN
GRIMBERGEN
OB
premier
Weizen
TAP 5
MEANTIME
VICTORIA
VB
BITTER
SINGHA
Asahi
San Miguel
RED DOG
RIJK DEGUSTATIEBIER